我的第一本
中高齡旅遊日語

全MP3一次下載

http://booknews.com.tw/mp3/9789864542840.htm

iOS系統請升級至 iOS13後再行下載，下載前請先安裝ZIP解壓縮程式或APP，
全書音檔為大型檔案，建議使用 Wifi 連線下載，以免占用流量，並確認連線狀況，以利下載順暢。

目錄

句型預習

句型 01　ビーフ**をお願(ねが)いします。**　請給我牛肉餐。

句型 02　コーラ**をいただけますか。**　可以給我可樂嗎？

句型 03　イヤホン**の使(つか)い方(かた)がわからないのですが…。**　我不知道耳機怎麼用…。

句型 04　イヤホン**をもう一(ひと)つください。**　請再給我一副耳機。

句型 05　観光(かんこう)**です。**　我來觀光。

句型 06　五日間(いつかかん)**です。**　待5天。

句型 07　荷物(にもつ)**が出(で)てこないのですが…。**　行李沒有出來。

句型 08　黒(くろ)いスーツケース**です。**　是黑色的行李箱。

句型 09　すみません、このバスは池袋(いけぶくろ)**行(ゆ)きですか。**
不好意思，這是往池袋去的嗎？

句型 10　池袋東口(いけぶくろひがしぐち)**に着(つ)いたら、教(おし)えていただけませんか。**
到池袋東口的話，可以告訴我嗎？

句型 11　清水寺(きよみずてら)**まで、お願(ねが)いします。**　麻煩你到清水寺。

句型 12　清水寺(きよみずてら)**まで、どのくらいかかりますか。**　到清水寺要花多久時間？

句型 13　時刻表(じこくひょう)**をもらえますか。**　我能拿時刻表嗎？

句型 14　**この電車(でんしゃ)は**大宮駅(おおみやえき)**に止(と)まりますか。**　這班電車有停大宮站嗎？

句型 15　チェックイン**をお願(ねが)いします。**　麻煩幫我辦理住宿手續。

句型 16　中国語(ちゅうごくご)**でもいいですか。**　可以用中文嗎？

句型 17　7時半(しちじはん)**から**9時半(くじはん)**までです。**　從7點半到9點半為止。

句型 18　**どこで**食(た)べ**ますか。**　在哪裡吃呢？

句型 19　ドライヤー**が壊(こわ)れているみたいです。**　吹風機好像壞了。

句型 20　トイレットペーパー**がありません。**　沒有衛生紙了。

句型 21　現金(げんきん)**でお願(ねが)いします。**　麻煩用現金。

句型 22　5時(ごじ)**まで**荷物(にもつ)**を預(あず)かってもらえますか。**　可以幫我保管行李到5點嗎？

句型 23 肉**は**食**べられません。** 我不能吃肉。

句型 24 おすすめメニュー**は何ですか。** 推薦的菜單是什麼呢？

句型 25 このスープ**は温すぎます。** 這個湯太溫了。

句型 26 この肉は**噛み切りにくいです。** 這個肉很難咬斷。

句型 27 席**を予約したいんですが…。** 我想訂位。

句型 28 個室**はありますか。** 有包廂嗎？

句型 29 生ビールを二つとジンジャエール**を一つください。**
請給我兩個生啤酒和一個薑汁汽水。

句型 30 ラストオーダー**は何時までですか。** 最後點餐到幾點呢？

句型 31 ミルク**だけお願いします。** 只要奶球。

句型 32 氷 抜き**でお願いします。** 麻煩去冰。

句型 33 ガリ**をもう少しください。** 請再給我一點薑片。

句型 34 わさび**は少なめにしてください。** 哇沙米請稍微做少一些。

句型 35 普通**でいいです。** 普通的就可以了。

句型 36 替え玉**は無料ですか。** 加麵是免費的嗎？

句型 37 友達**へのお土産です。** 要給朋友的伴手禮。

句型 38 ラッピング**は要りません。** 不需要包裝。

句型 39 コラーゲン**を探していますが…。** 我正在找膠原蛋白…。

句型 40 妻**は**フェイスパック**があまり好きじゃないです。** 我太太不太喜歡面膜。

句型 41 **人気のある**スチームオーブンレンジ**はどれですか。**
受歡迎的水波爐是哪一個呢？

句型 42 空港**まで送ってほしいです。** 我想要寄到機場。

句型 43 サイズが合わない**ので、返品したいです。** 因為尺寸不合，我想退貨。

句型 44 ほかのもの**と交換してもいいですか。** 那可以換其他東西嗎？

句型 45 海鮮丼**ください。** 請給我海鮮蓋飯。

句型 46 **もう少し**少ない**のはありませんか。** 有沒有再少一點的？

句型 47 **この近くに**お土産屋**はありますか。** 這附近有伴手禮店嗎？

句型 48 **おすすめ**の観光スポット**は**ありま**すか。** 推薦的觀光景點是什麼呢？

句型 49 入口**はどこですか。** 入口在哪裡呢？

句型 50 山田先生**の記念品は売っていますか。** 有賣山田老師的紀念品嗎？

句型 51 ケーキ**が入っています。** 裝著蛋糕。

句型 52 メッセージカード**だけならいいですか。** 只有留言卡的話可以嗎？

句型 53 9 歳**の場合、乗れますか。** 九歲（的狀況）可以搭乘嗎？

句型 54 割引クーポン**はどこで買えますか。** 折價券能在哪買呢？

句型 55 子宝のお守り**はいくらですか。** 生子御守多少錢呢？

句型 56 ペン**を借りてもいいですか。** 可以跟你借筆嗎？

句型 57 一番奥**は何の出店ですか。** 最裡面的是什麼攤位呢？

句型 58 りんご飴の出店**をバックに写真を撮ってもらえますか。**
可以幫我把蘋果糖的攤位當背景拍照嗎？

句型 59 喉**が痛いです。** 喉嚨很痛。

句型 60 台湾のお医者さん**に見せます。** 要給台灣的醫生看。

句型 61 血**が出ています。** 我流血了。

句型 62 お風呂に入る**時はどうすればいいですか。** 泡澡的時候該怎麼辦呢？

句型 63 ビッグカメラ**へ行きたいのですが**…。 我想去 Big Camera…。

句型 64 看板の色**を教えていただけませんか。** 可以告訴我看板的顏色嗎？

句型 65 私の財布**がなくなりました。** 我的錢包不見了。

句型 66 ある男性**とぶつかりました。** 跟某個男性撞到。

第一部分

學習開始前

準備國外旅遊 Q&A

Q 行前要準備什麼？

A 到國外旅遊絕對要準備護照，這是外國人的身分證，在國外沒有隨身攜帶護照，等於是沒有身份的外來不明人士，這一點一定要注意。另外，現代人的充電器、專屬自己的長期服用藥品、習慣使用的保養品、預先購買好的日本 SIM 卡等都可以帶上。日本的插座和台灣規格相同，電壓差異也不大，短期幾天的旅遊，是可以在日本安心使用的。

Q 護照會在什麼時候用到？簽證是什麼呢？

A 護照會在機場辦理登機時、進入機艙時、入境到日本國境時，甚至到入住飯店時都會用到，所以也要注意自己的簽證，也就是護照的期限有沒有過期。而到日本不需要特地再辦簽證，只要護照沒過期，就能用觀光簽證方式到日本，但如果不是觀光使用，就必須辦簽證，例如工作簽、留學簽等。最後，觀光簽只能在日本停留 90 天，否則會變成非法滯留唷。

Q 機票在哪裡買？

A 最方便的方式就是請旅行社代買機票，但相對的會有服務費，而最保守的方式是在要搭乘的航公公司官網上購買，直接刷卡結帳，不過最划算的還是各個機票購票網站，通常能買到較便宜的機票，不過要注意的是，航空公司購買的機票如果要退票所收取的退票費較便宜，而便宜的購票網站，因為是以優惠價購入，所以退票費非常貴，甚至有收取機票價格的 50%的可能性。

Q 在哪裡換錢才好呢？

A 在最緊急的狀況下，機場現場都有換匯處，不過匯率通常非常高，較不划算。如果確定要到日本遊玩，可以多注意台灣各家銀行的牌告匯率，趁日幣較便宜時去銀行購入日幣，這樣同樣的台幣可以換到較多的日幣。例如 2013 年左右匯率大概落在 0.31 左右，近年因國際情勢影響，匯率落在 0.22 左右，所以以這兩個數字來看，近年所換到的日幣會較多。

Q 一定要保旅行平安險嗎？

A 保險是為了預防萬一而保的，可有可無，不過真正需要的時候，是真的非常好用。保險可以保障在旅遊時人身平安、遺失物、生病等補償，保費通常不貴，可以問問保險員，並了解理賠的項目。另外，來不及保險時，機場現場也可以買保險，上飛機前還有不安，可以趕快入保。

Q 在日本想要用網路和電話怎麼辦？

A 到了國外，因為電信公司不相通的關係，手機幾乎是無法運作的，因此在機場現場或是台灣的一些網站可以購買到能夠在日本當地使用的 SIM 卡，有只能上網的卡，也有附上電話號碼，可以撥打或接收電話的卡片。不過要注意，很多 SIM 卡需要透過網路來設定，因此建議在有免費網路可使用的機場裡開通網路後再離開是最好的。另外也有單獨租借 WIFI 機器的產品，優點是可以分享給家人，但缺點是機器離開身邊後就無法使用了。

原來很簡單的出國手續

01

抵達機場

國際機場會提供可以停上很多天的停車場，不過價格不便宜，可依情況評估機場停車和搭計程車哪個划算。建議在登機前三個小時抵達，因為有可能會遇到排隊人潮，耽誤許多時間。

02

登機手續

一到出境機場，先到大看板瀏覽自己的航班，航班會標示櫃檯號碼，帶著行李到該號碼的櫃檯報到，依照自己的艙等排隊，然後寄放托運行李（較大較重的）以及拿取機票。

08

登機

登機時間會在實際起飛前約 30-40 分開始，登機証上有寫登機口及時間，確認後可以提早到現場等候，手上並準備好護照，準備搭機。

07

等待登機

出境檢查後就會進入航站內管制區，在這等待登機前可以先在免稅店購物，或是餐廳、咖啡廳用餐。

03

檢疫申報

若攜帶寵物或植物，在出國前要事先到相關單位申請證明書，然後到海關進行申報。

04

海關申報

攜帶貴重物品或高價品，也必須在出國前進行申報，如果沒有申報，回國被發現需要繳納稅金。

05

安全檢查

進入出境管制區後，須將身上的隨身行李及手錶、飾品放到籃子裡讓輸送帶送進 X 光機檢查，而自己需走過探測門檢查是否有違禁品。帶有電池的行動電源或筆電，必須在這檢查，也就是說要當隨身行李，不能用托運的方式。

06

出境審查

出示護照臉部及指紋提供核對，確定本人且無任何疑慮才可通關。現在也有自動通關系統，不需要另外接受檢查，也相當快速。

原來很簡單的海外入境手續

01

填寫文件

在飛機上，空服員會發放入境卡及海關申報單，建議在機上就寫好，否則到機場才填寫，再去排隊入境，可能會花了很長一段時間。

02

抵達機場

下了飛機後，請往「入国（にゅうこく）（入境）」標示走，如果要轉乘，請找「乗（の）り継（つ）ぎ」的標示。

07

抵達入境大廳

拉著行李出來，到了入境大廳，可以找到接機的人，也可以在大廳趁機使用機場 WIFI 進行 SIM 卡設定。

08

前往市區

依照自己要前往的地點，可選擇從機場搭巴士、新幹線、計程車等，各有不同的優缺點，可以在出發前查好資料。

03

等待入境審查

請準備好護照和入境卡等排隊，外國人請排外國人走道。

04

入境審查

入境審查官會要求出示護照並請你按壓指紋、核對臉部。並詢問這次來訪的目的和入住場所，所以可用接下來的篇章，學習怎麼回答。

05

領取行李

結束審查後，可以看看板確認自己的航班相對的行李輸送帶在哪裡，並在輸送帶前等候自己的行李。

06

海關申報

通常離開前只要將申報單交給職員後出去即可，每個家庭只需填一張，另外，有需要再申報即可。

五十音發音表

清音		
あ / ア	a	發音時，嘴自然略大張開，舌尖輕鬆不刻意地接觸下排牙齒，然後發出聲音。發音類似中文的「阿」。
い / イ	i	嘴角些微上揚，不到笑的程度，接著將嘴微開，再將嘴向左右微擴張。上齒和下齒距離極近，並發出類似「伊」一樣的音。似台語「他」的音。
う / ウ	u	嘴角微上揚，不到笑的程度，接著唇角微微往中間收，但不要靠攏至呈現嘟嘴的狀態，上下唇微開狀態，然後發似「烏」的音。似台語「有」的音。
え / エ	e	嘴角些微上揚，不到笑的程度，張開嘴至「あ」與「い」之間的大小，然後發出似「欸」的音。似台語「他的東西」的「的」音。
お / オ	o	嘴巴張開程度介於「あ」與「う」中間，唇角比「え」更向中間靠，音似「歐」。似台語「黑的」的「黑」音。
か / カ	ka	嘴型像「あ」一樣，發音前舌頭抬高貼住上顎，發音時張開嘴同時迅速送出有氣的音並震動聲帶，音似「咖」。似台語「腳」的音。
き / キ	ki	嘴形跟「い」一樣，發音前舌頭抬高貼住上顎，發音時張開嘴同時迅速送出有氣的音並震動聲帶，發出似「ki」的音。似台語「生氣」的「氣」音。
く / ク	ku	嘴巴張開與「う」一樣，發音前舌頭抬高貼住上顎，發音時張開嘴同時迅速送出有氣的音並震動聲帶，音似「哭」。似台語「蹲」的音。
け / ケ	ke	張嘴跟「え」的形狀一樣，發音前舌頭抬高貼住上顎，發音時張開嘴同時迅速送出有氣的音並震動聲帶，音似英文的「K」。似台語「靠一起」的「靠」音。
こ / コ	ko	嘴型與「お」一樣，發音前舌頭抬高貼住上顎，發音時張開嘴同時迅速送出有氣的音並震動聲帶，音似「摳」。似台語「苦瓜」的「苦」音。
さ / サ	sa	舌尖靠近上排牙齒，但不碰到，以產生狹窄的空隙，接著開口前擠出氣流並馬上開口如同「あ」嘴型，並發出類似「撒」的音。似台語「客廳」的「客」。
し / シ	shi	舌尖靠近上排牙齦及上顎中段中間的位置，形成狹窄的空隙，讓氣流擠出後幾乎同時發出類似「西」的音。發音時開口的嘴型與「い」一樣。似台語「西瓜」的「西」。

す / ス	su	舌尖靠近上排牙齒，但不碰到，以產生狹窄的空隙，接著開口前擠出氣流並馬上開口如同「う」嘴型，並發出類似「斯」的音。似台語「殺必死」的「死」。
せ / セ	se	舌尖靠近上排牙齒，但不碰到，以產生狹窄的空隙，接著開口前擠出氣流並馬上開口如同「え」嘴型，並發出類似「say」的音。似台語「逛街」的「逛」。
そ / ソ	so	舌尖靠近上排牙齒，但不碰到，以產生狹窄的空隙，接著開口前擠出氣流並馬上開口如同「お」嘴型，並發出類似「搜」的音。似台語葬禮樂隊「西索米」的「索」。
た / タ	ta	舌尖頂至上排牙齒和牙齦交界處，形成完全阻塞的狀態，接著發音的同時，也隨之讓阻塞的氣流瞬間迸出。發音部分似「他」。似台語「榻榻米」的「榻」。
ち / チ	chi	舌尖頂在上排牙齦與上顎中段之間的地方，擋住氣流，形成阻塞的狀態，發音同時將氣流放開，讓氣流從空隙中擠出。音似「七」。似台語遊玩「七逃」的「七」。
つ / ツ	tsu	舌尖頂在上排牙齒齒背及牙齦交界處，堵塞氣流，並在發聲時舌尖些微打開縫隙，讓氣流擠出，並同時發出似「資」的音。似台語「姿勢」的「姿」。
て / テ	te	舌尖頂至上排牙齒和牙齦交界處，形成完全阻塞的狀態，接著發音的同時，也隨之讓阻塞的氣流瞬間迸出。發音部分似「鐵」。似台語「偷拿」的「拿」。
と / ト	to	舌尖頂至上排牙齒和牙齦交界處，形成完全阻塞的狀態，接著發音的同時，也隨之讓阻塞的氣流瞬間迸出。發音部分似「偷」。似台語「土」的音。
な / ナ	na	舌尖頂在上排牙齒齒背及牙齦交界處，使之堵塞，並下降上顎的後半部，接著讓氣流由鼻腔流出，發出音似「哪」的音。似台語「塌鼻子」的「塌」。
に / ニ	ni	舌尖頂住上排牙齒牙齦與上顎中段之間處，阻塞氣流後，下降上顎後部，並讓氣流由鼻腔流出，同時發音出似「你」的音。似台語「染頭髮」的「染」音。
ぬ / ヌ	nu	舌尖頂在上排牙齒齒背及牙齦交界處，使之堵塞，並下降上顎的後半部，接著讓氣流由鼻腔流出，發出音似「奴」的音。
ね / ネ	ne	舌尖頂在上排牙齒齒背及牙齦交界處，使之堵塞，並下降上顎的後半部，接著讓氣流由鼻腔流出，發出音似「餒」的音。似台語胸部的「奶」。

の / ノ	no	舌尖頂在上排牙齒齒背及牙齦交界處，使之堵塞，並下降上顎的後半部，接著讓氣流由鼻腔流出，發出音似「讀」的音。
は / ハ	ha	直接開口像「あ」，先發出氣流，緊接著唸出似「哈」的音。
ひ / ヒ	hi	整個舌面靠近上顎中段，形成一個狹窄的空間，發音時將氣流擠出，並發出似「hi」的音。似台語「魚」的音。
ふ / フ	hu	嘴型跟「う」一樣成扁平狀，發音時同時將氣流從微張的嘴擠出，發出似「呼」的音。似台語「府城」的「府」。
へ / ヘ	he	直接開口，先發出氣流，緊接著唸出似「黑」的音。
ほ / ホ	ho	直接開口，先發出氣流，緊接著唸出似「齁」的音。似台語「給他花」的「給」音。
ま / マ	ma	雙唇合攏使氣流封閉，下降上顎後端後開口發音，同時將氣流從鼻腔送出。音似「媽」。似台語「麻煩」的「麻」。
み / ミ	mi	雙唇合攏使氣流封閉，下降上顎後端後開口發音，同時將氣流從鼻腔送出。音似「咪」。似台語「歹物仔」的「物」。
む / ム	mu	雙唇合攏使氣流封閉，下降上顎後端後開口發音，同時將氣流從鼻腔送出。音似「母」。似台語「不好」的「不」。
め / メ	me	雙唇合攏使氣流封閉，下降上顎後端後開口發音，同時將氣流從鼻腔送出。音似「每」。
も / モ	mo	雙唇合攏使氣流封閉，下降上顎後端後開口發音，同時將氣流從鼻腔送出。音似「謀」。台語似「毛」的音。
や / ヤ	ya	嘴型先呈現與「い」相同，但舌面與上顎的距離要比「い」還窄，開口發聲時，同時搭配「あ」的音，發出似「呀」的音。似台語「或是」的「或」。
ゆ / ユ	yu	嘴型先呈現與「い」相同，但舌面與上顎的距離要比「い」還窄，開口發聲時，同時搭配「う」的音，發出似英文「you」的音。台語似「油」的音。
よ / ヨ	yo	嘴型先呈現與「い」相同，但舌面與上顎的距離要比「い」還窄，開口發聲時，同時搭配「お」的音，發出似「又」的音。
ら / ラ	ra	舌尖頂在上排牙齒的牙齦部分，發音的同時，舌尖輕輕彈出並馬上放開，並發出似「拉」的音。

り / リ	ri	舌尖頂在上排牙齒的牙齦部分，發音的同時，舌尖輕輕彈出並馬上放開，並發出似「哩」的音。台語似「你」的音。
る / ル	ru	舌尖頂在上排牙齒的牙齦部分，發音的同時，舌尖輕輕彈出並馬上放開，並發出似「嚕」的音。
れ / レ	re	舌尖頂在上排牙齒的牙齦部分，發音的同時，舌尖輕輕彈出並馬上放開，並發出似勒脖子的「勒」音。台語似「美麗」的「麗」音。
ろ / ロ	ro	舌尖頂在上排牙齒的牙齦部分，發音的同時，舌尖輕輕彈出並馬上放開，並發出似「摟」的音。台語似「滷肉」的「滷」音。
わ / ワ	wa	舌頭位置剛開始與「う」相同位置，但舌頭後段要跟上顎後段呈現幾乎貼近的距離，一發出音時，嘴型似「あ」，並發出似「挖」的音。
を / ヲ	o	發音跟「お」一樣。嘴巴張開程度介於「あ」與「う」中間，唇角比「え」更向中間靠，音似「歐」，但為了與「お」的中文相似音「歐」區別，中文相似音改寫為「毆」。似台語「挖土」的「挖」。
濁音		
が / ガ	ga	發音時，跟「あ」一樣，嘴輕鬆張大，舌尖自然地接觸下排牙齒，然後發出聲音。發音時以類似「個」的子音及類似「阿」的母音拼音，發出類似中文「嘎」的音。台語似「咬」的音。
ぎ / ギ	gi	發音前舌頭抬高貼住上顎，並以發「い」音的嘴型開口，張開嘴同時以似「個」的子音搭配母音似「伊」的拼音，發出「gi」音。台語似「機車」的「機」音。
ぐ / グ	gu	與發「う」音一樣的嘴型開口，發音前舌頭抬高貼住上顎，發音時張開嘴同時震動聲帶以子音似「個」及母音「烏」的組合，發出「姑」的音。似台語「多久」的「九」。
げ / ゲ	ge	開口時嘴型與「え」的形狀一樣，發音前舌頭抬高貼住上顎，發音時張開嘴，並同時以音似「個」的子音和「欸」的母音拚音，震動聲帶後發出似「給」的音。台語似「嫁妝」的「嫁」音。
ご / ゴ	go	發音前舌頭抬高貼住上顎，發音時張開嘴用與發音「お」一樣的嘴型，並同時搭配子音似「個」及母音似「歐」的拼音，震動聲帶發出音似「勾」的音。似台語「講古」的「古」音。

ざ / ザ	za	舌尖接近但不碰到上排牙齒，並以開口如同「あ」嘴型張開，同時震動聲帶發出類似子音「資」和母音「阿」的拼音，音似「紮」。似台語「早飯」的「早」音。
じ / ジ	zi	舌尖靠近上牙齦及上顎中段之間，做「い」發音一樣開口，並震動聲帶，發出似「幾」的音。似台語「一下子」的「一」。
ず / ズ	zu	舌尖以不碰到牙齒為原則靠近上齒，接著開口如同「う」嘴型，並同時震動聲帶發出類似「滋」的音。
ぜ / ぜ	ze	舌尖靠近上排牙齒，但不碰到，開口如同「え」嘴型，並同時震動聲帶，以子音似「滋」及母音似「欸」拼音，發出類似「賊」的音。似台語「請坐」的「坐」。
ぞ / ゾ	zo	舌尖不直接碰到牙齒，輕放在上齒前，開口如「お」嘴型，並同時震動聲帶發出子音似「滋」及母音似「歐」的拼音，音似「鄒」。似台語「租屋」的「租」音。
だ / ダ	da	舌尖頂到上齒和牙齦交界處，形成完全封閉的狀態，開口發音的同時，彈開舌頭並震動聲帶，發出似「打」的音。
ぢ / ヂ	ji	舌尖頂在上排牙齦與上顎中段之間的地方，發音同時將嘴張至同「い」的嘴型，然後震動聲帶，發出似「己」的音。似台語「舌」的音。
づ / ヅ	zu	舌尖靠近上排牙齒，但不碰到，接著開口如同「う」嘴型，並同時震動聲帶發出類似「姿」的音。
で / デ	de	舌尖頂至上排牙齒和牙齦交界處，形成完全阻塞的狀態，接著發音的同時，彈開舌頭，以音似「的」的子音及音似「欸」的母音拼音，發出似「得」的音。似台語「袋子」的「袋」。
ど / ド	do	舌尖頂至齒和牙齦交界處，形成完全阻塞的狀態，接著發音的同時，彈出舌頭，發出音似「的」的子音及「歐」的母音合成的拚音，發出似「豆」的音。
ば / バ	ba	雙唇閉攏，接著一邊迅速張開雙唇至與「あ」同嘴型，一邊震動聲帶，發出似「爸」的音。
び / ビ	bi	雙唇併攏，口內以舌面接近但不接觸上顎為空間，以發「い」音為嘴型，開口瞬間同時震動聲帶，發出似「逼」的音。
ぶ / ブ	bu	發音前雙唇閉上，發音時嘴巴瞬間張開至與「う」發音時一樣的嘴型，並同時震動聲帶發出似「不」的音。
べ / ベ	be	發音前雙唇靠攏，發音時嘴張至同「え」的嘴型，並震動聲帶發出似「北」的音。

ぼ / ボ	bo	發音前雙唇閉合，發音時瞬間張嘴，並呈現同「お」的嘴型，同時震動聲帶，發出似「撥」的音。似台語「嚼東西」的「嚼」音。
半濁音		
ぱ / パ	pa	雙唇閉攏，使嘴內形成阻塞，擋住氣流，接著，迅速放開雙唇空間，讓氣流衝出，嘴同「あ」嘴型，發出似「趴」的音。似台語「打」的音。
ぴ / ピ	pi	雙唇併攏，嘴巴內舌頭輕輕放置，靠進上顎但不接觸，發音時用嘴內氣流迅速迸出雙唇，以發「い」音為嘴型，發出似「批」的音。
ぷ / プ	pu	發音前雙唇閉上，讓嘴內形成阻閉的空間，發音時雙唇讓嘴內氣流衝出，並將嘴張開至與「う」發音時相同的嘴形，發出似「撲」的音。
ぺ / ペ	pe	發音前雙唇靠攏，以口內氣流瞬間迸出，並同時開口，呈現同「え／エ」的嘴型，發出似「配」的音。
ぽ / ポ	po	發音前雙唇併攏，發音時以口內的氣流瞬間衝出並開口，呈現同發音「お」時的嘴型，發出似「潑」的音。似台語「簿子」的「簿」音。
拗音		
きゃ / キャ	kya	舌頭抬高與上軟顎貼近形成阻塞，保持準備發出「k」的嘴型，送氣時放開舌頭使氣流迸出，同時發出「k」與「ya」綜合的一個音節。似台語「站」音。
きゅ / キュ	kyu	舌頭抬高擋住上顎氣流，以發「k」的嘴型張開送氣，並同時搭配「yu」的發音，綜合成一個音節，音似英文的「Q」。似台語「捲毛」的「捲」。
きょ / キョ	kyo	保持準備發出「k」的嘴型，將舌頭後抬至抵住上顎，放出氣流的同時，發出「k」和「yo」綜合的一音節。似台語「撿柴」的「撿」音。
ぎゃ / ギャ	gya	發音方法與「ぎ」相同，但一迸出氣流產生發音時，需震動聲帶，並搭配「ya」綜合成一音節。似台語「寄信」的「寄」音。
ぎゅ / ギュ	gyu	以發「ぎ」的音為開頭，放出聲音時，變換成「yu」尾音，綜合成一個音節。似台語「救人」的「救」音。
ぎょ / ギョ	gyo	以「ぎ」發音為開頭，將氣流迸出同時震動聲帶發音，並以「yo」為結尾，發出一個音節的音。似台語「叫車」的「叫」音但音尾沒有〔ə〕音。

しゃ / シャ	sya	舌頭靠近上方牙齦，以發「し」音的口型為開頭，開口時迸出氣流同時綜合「ya」做結尾尾音，發音為一個音節，音似「夏」。
しゅ / シュ	syu	以「し」發音的嘴型為首，原為擦音，但因發音時會震動聲帶，所以發音時綜合「yu」發出一音節的音，音似「咻」。
しょ / ショ	syo	以發「し」為開頭，保持嘴型，並在開口震動聲帶時，搭配尾音「yo」，發出一個音節的音，音似「修」。
じゃ / ジャ	jya	以發「じ」音為開頭，開口瞬間震動聲帶，並將嘴型改為「や」，並發出一音節的音，中文像「甲」音。似台語「吃東西」的「吃」音。
じゅ / ジュ	jyu	舌尖上頂，準備震動聲帶發出「じ」的音，在開口發音的瞬間，將嘴型改為「ゆ」，發出一音節的音，類似英文「juice」的「jui」部分。似台語「酒」的音。
じょ / ジョ	jyo	以發「じ」為開頭，震動聲帶發音的同時，改變嘴型成「よ」，發一個音節的音，音似中文的「酒」。
ちゃ / チャ	cha	以發「ち」為開頭準備，將氣流迸出，同時將嘴型轉換為「や」，發一個音節出來，音似「恰」。
ちゅ / チュ	chu	迸出氣流發「ち」的同時，轉換為「ゆ」的嘴型，發出一個音節。似台語「手」的音。
ちょ / チョ	cho	發出「ち」音的瞬間，改變嘴型為「よ」，音長為一音節，音似「秋」。似台語「笑臉」的「笑」音。
にゃ / ニャ	nya	保持準備發「に」的嘴型，張開嘴時讓氣流從鼻腔出來，並同時搭配「や」音。似台語「領錢」的「領」音。
にゅ / ニュ	nyu	發音時將氣流從鼻腔流出的同時，以「你」搭配「呀」音同時綜合發音，為一個音節。似台語「讓位」的「讓」。
にょ / ニョ	nyo	以發「に」為開頭準備，發音的同時，將氣流從鼻腔流出，並搭配「よ」音發音，音似「拗」。
ひゃ / ヒャ	hya	開口嘴型以「い」為開端，嘴巴流出氣流的同時，綜合「ひ」和「や」音，發一個音節。似台語「額頭」的「額」。
ひゅ / ヒュ	hyu	以「ひ」音發聲並同時放出氣流，並綜合「ゆ」音成一個音節。似台語「咻咻叫」的「咻」。
ひょ / ヒョ	hyo	開口放出氣流，並以「ひ」和「よ」綜合成一音節發音。似台語休息的「休」。
びゃ / ビャ	bya	雙唇靠攏，開口的同時震動聲帶，發出「び」和「や」的綜合音。似台語「隔壁」的「壁」。

びゅ / ビュ	byu	雙唇併攏，開口時綜合「び」和「ゆ」音發音。
びょ / ビョ	byo	雙唇併攏，發音瞬間開口並震動聲帶，發出「び」和「よ」的綜合音。似台語「手錶」的「錶」音。
ぴゃ / ピャ	pya	雙唇併攏，讓嘴內為閉鎖狀態，開口發音的同時讓口內氣流迸出，並發出「ぴ」和「や」的綜合音。
ぴゅ / ピュ	pyu	雙唇併攏，舌頭輕鬆放平，開口的瞬間迸出氣流，並發出「ぴ」和「ゆ」的綜合音。
ぴょ / ピョ	pyo	將併攏的雙唇開口，同時迸出氣流，以短音一拍唸出「ぴ」和「よ」的綜合音。似台語「票」的音，但語尾沒有〔ə〕音。
みゃ / ミャ	mya	雙唇併攏，嘴巴密閉，開口發音瞬間，氣流由鼻腔流出，並發出「み」和「や」的綜合音。似台語命名的「命」。
みゅ / ミュ	myu	雙唇併攏，成為一個封閉的狀態，開口要發音的同時，讓氣流從鼻腔出去，並發出「み」和「ゆ」的綜合音。
みょ / ミョ	myo	雙唇併攏，將氣流往鼻腔送出同時開口發音，發出「み」和「よ」的綜合音。似「繆思」的「繆」音。
りゃ / リャ	rya	舌尖放至上牙齦處，震動聲帶發音的同時，將舌尖彈出，並發出「り」和「や」的綜合音。似台語抓狂的「抓」。
りゅ / リュ	ryu	舌尖放在上牙齦處，震動聲帶發音的同時彈出舌尖，唸出「り」和「ゆ」的綜合音，似台語「脫皮」的「脫」。
りょ / リョ	ryo	放在上牙齦處的舌尖彈出的同時，震動聲帶發出「り」和「よ」的綜合音。音似「六」。
撥音		
ん/ン	n	撥音也就是鼻音，舌頭先呈現無動作自然的狀態，上顎後半部貼近舌頭，並自然地使被封閉的氣流向鼻腔流出，發出似「嗯」的音，發音時，捏鼻樑會發現鼻樑震動。
長音		
當遇到假名字母組合形成長音，如「かー」或是「かあ」，只要將長音音節前一個音拉長一拍發音就可以。		
促音		
促音的標示為小寫的「っ」，或是片假名「ッ」。遇到促音時必須停一拍不發音，再接著下一拍的發音。大多出現在「p」「t」「k」塞音前。		

第二部分

踏足日本

在飛機內

01 飛機餐

02 機內服務

01 飛機餐 機内食（きないしょく）

◆ 請聽以下會話，並跟著說說看

對話A

空服員 ビーフとチキン、どちらになさいますか。
bi i hu to chi ki n, do chi ra ni na sa i ma su ka?
請問要牛肉還是雞肉呢？

紀明 ビーフ**をお願（ねが）いします。**
bi i hu o o ne ga i shi ma su.
請給我牛肉餐。

對話B

空服員 お飲（の）み物（もの）、いかがなさいますか。
o no mi mo no, i ka ga na sa i ma su ka?
請問要什麼飲料呢？

紀明 コーラ**をいただけますか。**
ko o ra o i ta da ke ma su ka?
可以給我可樂嗎？

新出現的單字

ビーフ bi i hu 牛肉

チキン chi ki n 雞肉

いかが i ka ga 如何

コーラ ko o ra 可樂

句型 01 請給我牛肉餐。

句型 02 可以給我可樂嗎？

01-1

句型01

想要的東西 + をお願（ねが）いします。 請給我～

請人給你東西時，可在自己想要的東西（名詞）之後加上助詞「を」，然後再接上表示拜託、請求的「お願（ねが）いします」。另外，如果不想用這麼尊敬的講法，可以將「お願（ねが）いします」改為「ください」也行。

句型02

想要的東西 + をいただけますか。 可以給我～嗎？

這個句型最後有「か」，表示此句一定是疑問句，也就是在詢問對方，而「いただけます」有「得到」的意涵在，這在日本人會話當中很常見，日本人偶爾會使用疑問句去表達自己委婉的口氣，因此在這與其說是客人請求對方讓自己得到某東西，倒不如說這是委婉的要求。

台灣跟日本距離很近，所以通常幾小時就會抵達，因此一上飛機後過沒多久，空服員便會趕緊送餐給大家。如果想要將機內美食都吃光光，務必把握時間。另外，有想要加點的東西，也盡量早點點齊吃掉，否則空服員沒多久後就會來收拾餐具囉。

請給我牛肉餐。

［　　］をお願(ねが)いします。

［　　］o o ne ga i shi ma su.

請給我［　　］。

◆ 試試看在空格內套入各種單字。

ポーク
po o ku
豬肉

魚(さかな)
sa ka na
魚

和食(わしょく)
wa syo ku
日式餐點

洋食(ようしょく)
yo u syo ku
西式餐點

有些航班會刻意避開豬肉為主食的餐點，曾在日本人當中引起熱論。其實大多是因為亞洲線有許多乘客會因為宗教關係不吃豬肉，因此不安排豬肉餐點。不過因為不吃牛肉的宗教信者也不少，因此大多航班會提供複數種類的主食讓乘客選擇。

句型02 練習

可以給我可樂嗎？

01-3

［　　　］をいただけますか。

［　　　］o i ta da ke ma su ka?

可以給我［　　　］嗎？

◆ 試試看在空格內套入各種單字。

ジュース
jyu u su
果汁

ビール
bi i ru
啤酒

お水（みず）
o mi zu
水

コーヒー
ko o hi i
咖啡

機上提供的飲料種類非常多，空服員將推車經過走道時，往往來不及選擇，因此可以詢問空服員：「飲（の）み物（もの）は何（なに）がありますか。」這樣空服員就會跟你說明有哪些飲料，在這之後，就可以使用這個單元的文法請空服員給你想要的飲料囉。

飛機上親切的服務

◆ 請聽以下的會話，並跟著說說看。

紀明在飛機上聞到了餐點的香味。

空服員 ビーフとチキン、どちらになさいますか。
bi i hu to chi ki n, do chi ra ni na sa i ma su ka?

紀明 **ビーフをお願（ねが）いします。**
bi i hu o o ne ga i shi ma su.

空服員 かしこまりました。
ka shi ko ma ri ma shi ta.

●空服員送上餐點後，接著推茶水推車的空服員到來

空服員 お飲（の）み物（もの）、いかがなさいますか。
o no mi mo no, i ka ga na sa i ma su ka?

紀明 飲（の）み物（もの）は何（なに）がありますか。
no mi mo no wa na ni ga a ri ma su ka?

空服員 コーラやジュースなどあります。
ko o ra ya jyu u su na do a ri ma su.

紀明 **じゃ、コーラをいただけますか。**
jya, ko o ra o i ta da ke ma su ka?

空服員 はい。
ha i.

空服員 請問要牛肉還是雞肉呢？
紀明 **請給我牛肉餐。**
空服員 好的。
空服員 請問要什麼飲料呢？
紀明 有什麼飲料呢？
空服員 有可樂和果汁等等。
紀明 **那麼，可以給我可樂嗎？**
空服員 好的。

驗收 01 飛機餐

解答在 242 頁

A 請從選項中選出能填入空格的詞。

選項　を｜や｜あります｜何(なに)

① 請給我牛肉餐。

ビーフ ＿＿＿＿ お願(ねが)いします。

② 有什麼飲料呢？

飲(の)み物(もの)は ＿＿＿＿ がありますか。

③ 有可樂和果汁等等。

コーラやジュースなどが ＿＿＿＿ 。

B 請在選項中找出適當的表現，並完成下列句子。

選項　ポーク｜ジュース｜ビール｜飲(の)み物(もの)

① 請給我豬肉餐。

＿＿＿＿ をお願(ねが)いします。

② 有什麼飲料呢？

＿＿＿＿ は何(なに)がありますか。

③ 可以給我啤酒嗎？

＿＿＿＿ をいただけますか。

02 機內服務 機内（きない）サービス

◆ 請聽以下會話，並跟著說說看。

對話A

紀明　すみません、イヤホン**の使（つか）い方（かた）がわからないのですが…。**

su mi ma se n, i ya ho n no tsu ka i ka ta ga wa ka ra na i no de su ga…

不好意思，我不知道耳機怎麼用…。

空服員　少々（しょうしょう）お待（ま）ちください。…こちらをお使（つか）いください。

syo u syo u o ma chi ku da sa i. …ko chi ra o o tsu ka i ku da sa i.

請稍等…請您用這個。

對話B

紀明　イヤホン**をもう一（ひと）つください。**

i ya ho n o mo u hi to tsu ku da sa i.

請再給我一副耳機。

空服員　かしこまりました。今（いま）お持（も）ちします。

ka shi ko ma ri ma shi ta. i ma o mo chi shi ma su.

好的，現在為您拿過來。

新出現的單字

使（つか）います tsu ka i ma su 使用

わからない wa ka ra na i 不知道

もう mo u 再～

句型 03 不好意思，我不知道耳機怎麼用⋯。

句型 04 請再給我一副耳機。

句型03

不知道用法的東西 **+ の使(つか)い方(かた)がわからないのですが⋯。**

我不知道～的用法⋯。

動詞「使(つか)います」去掉「ます」加上表示方法的「方(かた)」，就是「使(つか)い方(かた)（使用方法）」，以此類推，如果「読(よ)み方(かた)」，那就是「唸法」。另外，「わからない」是「不知道」的意思，加上「～のですが⋯。」表示委婉的說明。

句型04

想要的東西 **+ をもう一(ひと)つください。** 請再給我一個～。

上一個單元有提過用「～をください」請人給自己想要的東西，加上「再、還」的「もう」，表示要追加，而最後就是要追加的數量了。「～つ」系列的量詞較能廣泛使用，從 1 到 10 分別為「一(ひと)つ」、「二(ふた)つ」、「三(みっ)つ」、「四(よっ)つ」、「五(いつ)つ」、「六(むっ)つ」、「七(なな)つ」、「八(やっ)つ」、「九(ここの)つ」、「十(とお)」，疑問詞則是「いくつ」。

在機上，不僅可以借毛毯溫暖身體，還有可以打發時間的影片可以看，但在有噪音的機艙中，耳機就是非常重要的東西了，能正常使用耳機可以讓這趟旅程不無聊，也很享受。

不好意思，我不知道耳機怎麼用…。

＿＿＿の使(つか)い方(かた)がわからないのですが…。

＿＿＿ no tsu ka i ka ta ga wa ka ra na i no de su ga...

我不知道＿＿＿的用法…。

◆ 試試看在空格內套入各種單字。

エーティーエム
ATM
e e thi i e mu
ATM

フェイスカバー 2
fe i su ka ba a
面罩

券売機(けんばいき)
ke n ba i ki
售票機

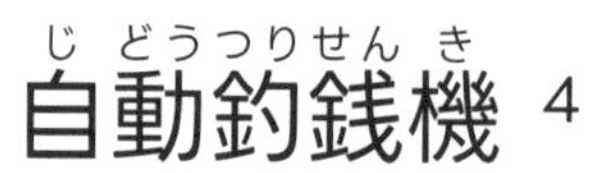

自動釣銭機(じどうつりせんき) 4
ji do u tsu ri se n ki
自動結帳機

2 日本服飾店經常在客人試穿時，提供「フェイスカバー」，讓客人頭部套著薄薄的不織布頭套後，將衣物套入身上，以免讓臉部的妝弄髒衣物，一方面也是保護客人的妝容。

4 自從新冠肺炎後，日本結帳方式有大改變，大家開始使用「自動釣銭機(じどうつりせんき)」，店員負責刷商品條碼，之後客人帶著商品到機器前自行投幣付款找零。

請再給我一副耳機。

＿＿＿をもう一(ひと)つください。

＿＿＿ o mo u hi to tsu ku da sa i

請再給我一個＿＿＿。

◆ 試試看在空格內套入各種單字。

ソフトクリーム
so hu to ku ri i mu
霜淇淋

鹿(しか)せんべい 2
shi ka se n be i
鹿仙貝

キーホルダー
ki i ho ru da a
鑰匙圈

お守(まも)り
o ma mo ri
御守

2 到奈良就會想到要跟鹿玩一玩，還有買一種米糠和麵粉做的「鹿仙貝」餵給鹿吃。一般小販會在路邊賣鹿仙貝讓遊客餵食，但小販下班後，仍想餵鹿的人可能就會亂拿東西餵食，因此 2022 年 10 月 25 日，包含「奈良鹿愛護協會」等組織將鹿仙貝販售導入到自動販賣機，現在可以 24 小時買到鹿仙貝。另外一提，鹿仙貝單片來數的話，單位會是「枚(まい)（片）」。

親切的機内服務

◆ 請聽以下的會話，並跟著說說看。

吃完飛機餐，紀明打算好好享受熱門影片，但不知道怎麼用耳機。

紀明　イヤホンを一(ひと)つください。
i ya ho n o hi to tsu ku da sa i.

空服員　はい、どうぞ。
ha i, do u zo.

紀明　**すみません、イヤホンの使(つか)い方(かた)がわからないのですが…。**
su mi ma se n, i ya ho n no tsu ka i ka ta ga wa ka ra na i no de su ga…

空服員　少々(しょうしょう)お待(ま)ちください。…こちらをお使(つか)いください。
syo u syo u o ma chi ku da sa i. …ko chi ra o o tsu ka i ku da sa i.

●同行的孫子不小心把耳機打結了

紀明　**イヤホンをもう一(ひと)つください。**
i ya ho n o mo u hi to tsu ku da sa i.

空服員　かしこまりました。今(いま)お持(も)ちします。
ka shi ko ma ri ma shi ta. i ma o mo chi shi ma su.

紀明　請給我一副耳機。
空服員　好的，請。
紀明　**不好意思，我不知道耳機怎麼用…。**
空服　請稍等…請您用這個。
紀明　**請再給我一副耳機。**
空服員　好的，現在為您拿過來。

解答在 242 頁

A 請從選項中選出能填入空格的詞。

選項　もう｜使い方（つかいかた）｜どうぞ｜今（いま）

① 不好意思，我不知道耳機怎麼用…。

イヤホンの ＿＿＿＿ がわからないのですが…。

② 請再給我一副耳機。

イヤホンを ＿＿＿＿ 一（ひと）つください。

③ 好的，現在為您拿過來。

かしこまりました。 ＿＿＿＿ お持（も）ちします。

B 請在選項中找出適當的表現，並完成下列句子。

選項　券売機（けんばいき）｜ソフトクリーム｜鹿（しか）せんべい｜自動釣銭機（じどうつりせんき）

① 我不知道售票機怎麼用…。

＿＿＿＿ の使（つか）い方（かた）がわからないんですが…。

② 請再給我一個霜淇淋。

＿＿＿＿ をもう一（ひと）つください。

③ 請再給我一個鹿仙貝。

＿＿＿＿ をもう一（ひと）つください。

機艙的種類

エコノミークラス

e ko no mi i ku ra su

經濟艙

最便宜、座位最多的機艙便是經濟艙，是多數人的選擇。廉價航空公司只提供經濟艙，但服務會比一般航空公司的經濟艙更簡單。

プレミアムエコノミークラス

pu re mi a mu e ko no mi i ku ra su

優質經濟艙

優質經濟艙和一般的經濟艙相差不大，但是椅子寬度和舒適度都會增加一些，適合較長程的航線。

ビジネスクラス

bi ji ne su ku ra su

商務艙

中間等級的機艙，座位比經濟艙寬敞、豪華，像登機、下飛機都可以比經濟艙早，行李的重量制限也比較寬鬆。

ファーストクラス

fwa a su to ku ra su

頭等艙

最高級的就是頭等艙，比商務艙的服務更好。座位寬廣舒適、空間寬廣，椅子還可以放平當成床來睡，食物也更高級。服務講究品質，適合長途航程。

入境時

03 入境審查

04 行李丟失

03 入境審查 入国審査（にゅうこくしんさ）

◆ 請聽以下會話，並跟著說說看

對話A

海關 旅行（りょこう）の目的（もくてき）は何（なん）ですか。
ryo ko u no mo ku te ki wa na n de su ka?
你旅行的目的是什麼？

紀明 **観光（かんこう）です。**
ka n ko u de su.
我來觀光。

對話B

海關 どのくらい滞在（たいざい）しますか。
do no ku ra i ta i za i shi ma su ka?
你要待多久呢？

紀明 **五日間（いつかかん）です。**
i tsu ka ka n de su.
5 天。

新出現的單字

旅行（りょこう） ryo ko u 旅行
目的（もくてき） mo ku te ki 目的
何（なん） na n 什麼
観光（かんこう） ka n ko u 觀光
どのくらい do no ku ra i 多久
滞在（たいざい）します ta i za i shi ma su 滯留

句型 05 我來觀光。

句型 06 待 5 天。

句型05

入境理由 ＋ です。 我來/是～

問問題的對方，如果拋出「疑問詞」時，可以依照「疑問詞」的種類，給予相對應類型的答案。而通常只需回答答案，加上一個「です」，表示肯定回答即可。常見的疑問詞及對應的回答有：「何(なん)／何(なに)」（問東西）、「どこ」（問地點）、「誰(だれ)」（問人）、「いくら」（問金額）、「どのくらい」（問時間長度）等。

句型06

一段時間 ＋ です。 待～。

與句型 05 的結構基本上是一樣的，疑問句問什麼，就回答什麼。不過這邊要提醒的是，「時間長度」的唸法，和「日期」的唸法有所不同，依序為以下：「一日中(いちにちじゅう)」、「二日間(ふつかかん)」、「三日間(みっかかん)」、「四日間(よっかかん)」、「五日間(いつかかん)」、「六日間(むいかかん)」、「七日間(なのかかん)」、「九日間(ここのかかん)」、「十日間(とおかかん)」，也有另一種唸法，是將以上第三個字都去掉的唸法。

海關偶爾會向旅客詢問來日目的、留宿的地方，不用緊張，這只是海關經常詢問的內容，除非旅客外觀及資料看來較特殊，才會問得較多。只要把握原則，聽到什麼疑問句，就回答相應的答案就可以了。

我來觀光。

[　　　]です。

[　　　]de su.

我來/是[　　　]。

◆ 試試看在空格內套入各種單字。

仕事（しごと）

shi go to

工作

就学（しゅうがく）

syu u ga ku

就學

親戚訪問（しんせきほうもん）

shi n se ki ho u mo n

拜訪親戚

知人訪問（ちじんほうもん）

chi ji n ho u mo n

拜訪朋友

如果入境目的是工作，必須要有工作簽證，而就學，就要有留學簽證。拜訪親友和朋友則屬於旅遊的一種。朋友有幾種說法，「友人（ゆうじん）」與「友達（ともだち）」類似，親密關係較高，而「知り合い（しりあい）」與「知人（ちじん）」類似，交情較淺，只是互相認識。

句型06 練習

待 5 天。

03-3

[　　　] です。

[　　　] de su.

待 [　　　] 。

◆ 試試看在空格內套入各種單字。

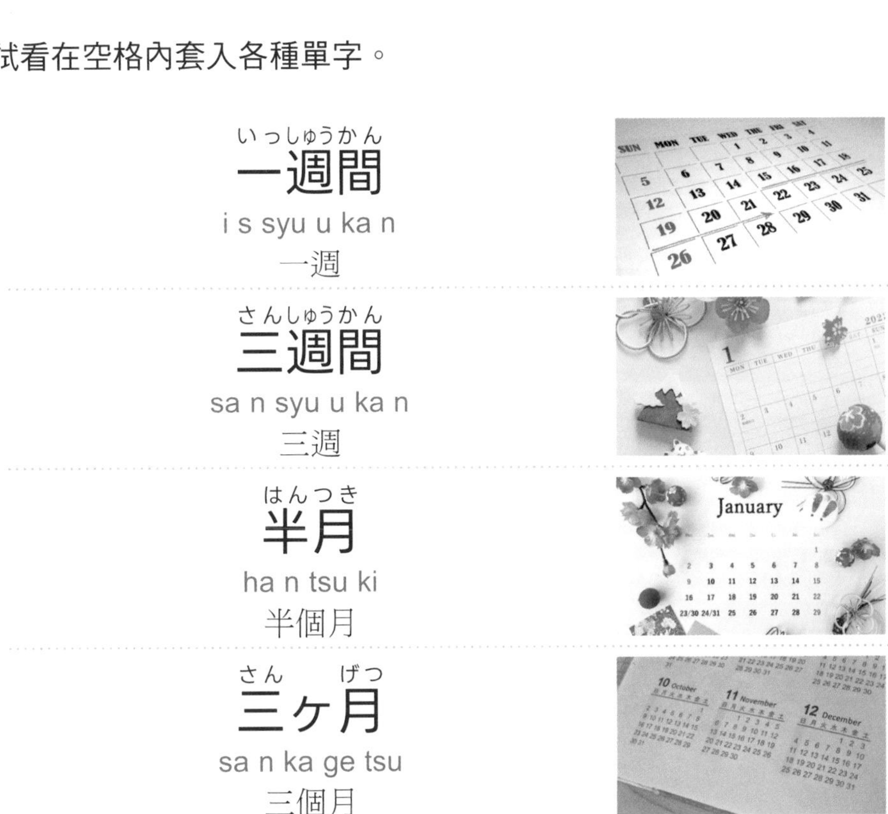

いっしゅうかん
一週間
i s syu u ka n
一週

さんしゅうかん
三週間
sa n syu u ka n
三週

はんつき
半月
ha n tsu ki
半個月

さん げつ
三ヶ月
sa n ka ge tsu
三個月

台灣遊客都會以觀光簽證入境日本遊玩，最長可以停留 3 個月。不過一般遊客會待到 3 個月的人不多，因此若有人要待到這麼久，海關會特別去關心理由。所以如果只是要度長假，務必要準備好充足證明及理由，否則就算 3 個月的規定是合法的，還是有可能被誤認是來做如非法的短期打工一類的違法行為。

興奮地準備踏入日本

◆ 請聽以下會話，並跟著說說看

海關　パスポートを拜見（はいけん）します。
pa su po o to o ha i ke n shi ma su.

紀明　はい。
ha i.

海關　旅行（りょこう）の目的（もくてき）は何（なん）ですか。
ryo ko u no mo ku te ki wa na n de su ka?

紀明　**観光（かんこう）です**。
ka n ko u de su.

海關　どのくらい滞在（たいざい）しますか。
do no ku ra i ta i za i shi ma su ka?

紀明　**五日間（いつかかん）です**。
i tsu ka ka n de su.

海關　滞在先（たいざいさき）はどこですか。
ta i za i sa ki wa do ko de su ka?

紀明　東横（とうよこ）イン東京池袋北口（とうきょういけぶくろきたぐち）1（いち）号店（ごうてん）です。
to u yo ko i n to u kyo u i ke bu ku ro ki ta gu chi i chi go u te n de su.

海關　はい、どうぞ。日本（にほん）での滞在（たいざい）を楽（たの）しんでください。
ha i, do u zo. ni ho n de no ta i za i o ta no shi n de ku da sa i.

海關　請給我看護照。
紀明　是。
海關　你旅行的目的是什麼？
紀明　**我來觀光。**
海關　你要待多久呢？
紀明　**5 天。**
海關　留宿的地方在哪裡？
紀明　東橫 INN 東京池袋北口 1 號店。
海關　好，請收回去。祝你在日本旅途愉快。

03 入境審査

解答在 242 頁

A 請從選項中選出能填入空格的詞。

選項　どこ｜どのくらい｜5日間(いつかかん)｜何(なん)

① 你要待多久呢？

______ 滞在(たいざい)しますか。

② 留宿的地方在哪裡？

滞在先(たいざいさき)は ______ ですか。

③ 你旅行的目的是什麼？

旅行(りょこう)の目的(もくてき)は ______ ですか。

B 請在選項中找出適當的表現，並完成下列句子。

選項　親戚訪問(しんせきほうもん)｜就学(しゅうがく)｜3ヶ月(さんかげつ)｜知人訪問(ちじんほうもん)｜半月(はんつき)

① 我來拜訪親戚。

______ です。

② 我來拜訪朋友。

______ です。

③ 待半個月。

______ です。

04 行李丟失 荷物紛失（にもつふんしつ）

◆ 請聽以下會話，並跟著說說看。

對話A

紀明　**荷物（にもつ）が出（で）てこないのですが…。**
ni mo tsu ga de te ko na i no de su ga....
行李沒有出來。

工作人員　ターンテーブルは確認（かくにん）されましたか。
ta a n te e bu ru wa ka ku ni n sa re ma shi ta ka?
請問有確認行李轉盤了嗎？

對話B

工作人員　どんな荷物（にもつ）ですか。
do n na ni mo tsu de su ka?
是怎麼樣的行李呢？

紀明　**黒（くろ）いスーツケースです。**
ku ro i su u tsu ke e su de su.
是黑色的行李箱。

新出現的單字

荷物（にもつ） ni mo tsu　行李

出（で）ます de ma su　出來

確認（かくにん）します ka ku ni n shi ma su　確認

ターンテーブル ta a n te e bu ru　行李轉盤

どんな do n na　怎麼樣的

黒（くろ）い ku ro i　黑色的

スーツケース su u tsu ke e su　行李箱

句型 07　行李沒有出來。
句型 08　是黑色的行李箱。

04-1

句型07

名詞 + が出てこないのですが…。　～沒有出來…。

許多用機器、非人力的方式送出的東西，因為是非人為可控制的狀況，都會使用自動詞「出ます」表達「出來」。「出て」是「出ます」的「て形」型態，其後接續補助動詞的「来る（來）」的否定型「来ない（不來）」，綜合形成「不『出』『來』」的意思。最後，加上「の」，強調說話者的說明口氣。

句型08

形容詞 + 名詞 + です。　是～的～

這個文法是「修飾名詞」，舉例來說，就是把名詞「行李」裝飾一下的意思。如果我們單純講「行李」，腦海中浮現的畫面沒辦法很具體，但如果前面加上修飾（裝飾）用的形容詞，例如「黑的」，就能更清楚指出指的是哪樣的行李。

日本人是個貼心的民族，有一陣子在大阪的機場，因為大家在轉盤前等行李會感到煩躁，因此工作人員幫大家把行李移動到地面上，而且以顏色、色系好好地排列出來，產生了一個漂亮的擺設，令大家心情很好呢。

行李沒有出來。

［　　　］が出(で)てこないのですが…。

［　　　］ga de te ko na i no de su ga....

［　　　］沒有出來。

◆ 試試看在空格內套入各種單字。

お釣(つ)り
o tsu ri
（找零的）零錢

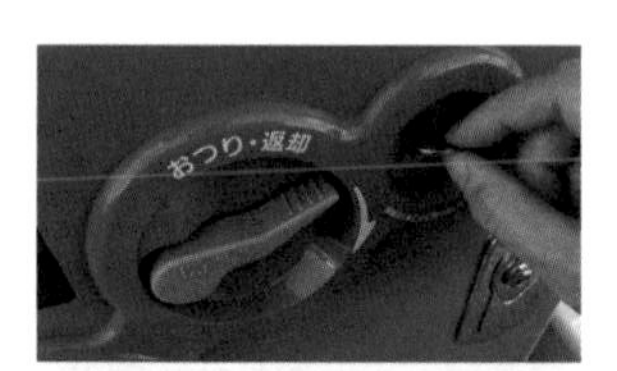

お湯(ゆ)
o yu
熱水

切符(きっぷ)
ki p pu
車票

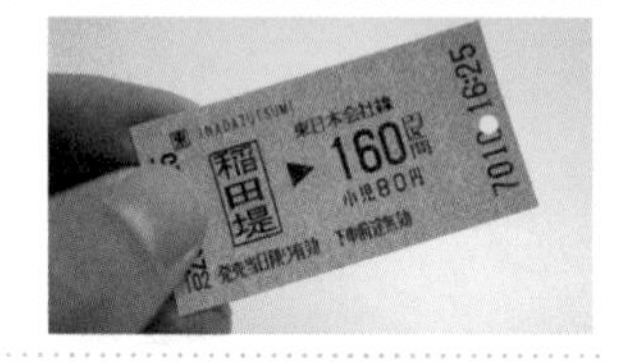

缶(かん)コーヒー
ka n ko o hi i
罐裝咖啡

在日本如果要喝現做的咖啡，可以到「カフェ（咖啡廳）」購買，也可以像台灣一樣，在便利商店買。但是在日本的便利商店，必須要自己操作咖啡機。除此之外，在日本，便利商店的許多服務都是需要自行操作的，例如印表機等。日本的上班族因為長時間工作的關係，偶爾會在公司的販賣機買瓶小小的罐裝咖啡，小憩一下，讓自己放鬆，也是讓同事們之間聚在一起稍微交流及喘口氣的時間。

是黑色的行李箱。

＿＿＿スーツケースです。

＿＿＿su u tsu ke e su de su.

是＿＿＿的行李箱。

◆ 試試看在空格內套入各種單字。

しろ
白い
shi ro i
白色的

あお
青い
a o i
藍色的

じょう ぶ
丈夫な
jyo u bu na
堅固的

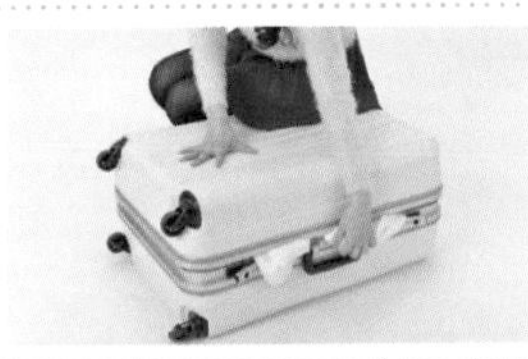

べん り
便利な
be n ri na
方便的

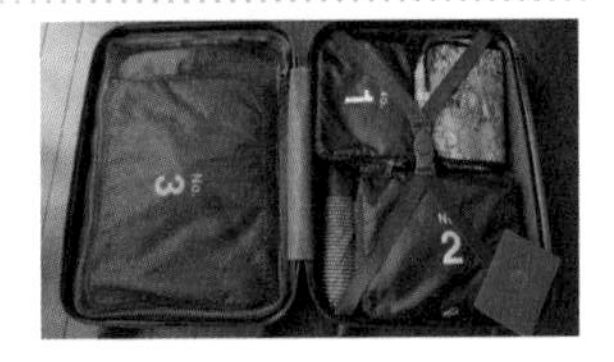

如果到日本觀光的話，建議觀察看看日本人的衣著及手持物品，能發現很多人會以較低調的色系為主。這來自於日本的強烈「集団主義（しゅうだんしゅぎ）（集團主義）」文化，人人都講求一致性。不過隨著時代的演進，現在的日本人較敢表現自己，所以也現在穿著風格突出、色彩鮮豔的人也越來越多了。

找不到行李

◆ 請聽以下會話，並跟著說說看。

在行李轉盤前，遲遲等不到那個熟悉的行李箱。

紀明 **荷物(にもつ)が出(で)てこないのですが…。**
ni mo tsu ga de te ko na i no de su ga...

工作人員 ターンテーブルは確認(かくにん)されましたか。
ta a n te e bu ru wa ka ku ni n sa re ma shi ta ka?

紀明 はい。ちゃんとチェックしました。
ha i. cha n to che k ku shi ma shi ta.

工作人員 クレームタグカードをお持(も)ちですか。
ku re e mu ta gu ka a do o o mo chi de su ka?

紀明 はい。
ha i.

工作人員 どんな荷物(にもつ)ですか。
do n na ni mo tsu de su ka?

紀明 **黒(くろ)いスーツケースです。**
ku ro i su u tsu ke e su de su.

工作人員 かしこまりました。そちらでお待(ま)ちください。
ka shi ko ma ri ma shi ta, so chi ra de o ma chi ku da sa i.

紀明 **行李沒有出來…。**
工作人員 請問有確認行李轉盤了嗎？
紀明 是，有好好地確認了。
工作人員 請問有行李收據卡嗎？
紀明 有。
工作人員 是怎麼樣的行李呢？
紀明 **是黑色的行李箱。**
工作人員 我了解了，請在那邊等候。

04 行李提領處

解答在 243 頁

A 請從選項中選出能填入空格的詞。

選項　ちゃんと｜どんな｜スーツケース｜お持(も)ちですか

① 請問有行李收據卡嗎？

クレームタグカードを ＿＿＿＿ 。

② 有好好地確認了。

＿＿＿＿ チェックしました。

③ 是怎麼樣的行李呢？

＿＿＿＿ 荷物(にもつ)ですか。

B 請在選項中找出適當的表現，並完成下列句子。

選項　青(あお)い｜丈夫(じょうぶ)な｜白(しろ)い｜便利(べんり)な

① 是堅固的行李箱。

＿＿＿＿ スーツケースです。

② 是方便的行李箱。

＿＿＿＿ スーツケースです。

③ 是白色的行李箱。

＿＿＿＿ スーツケースです。

國外旅客多的日本機場

04-5

なりたこくさいくうこう

成田国際空港

na ri ta ko ku sa i ku u ko u

成田國際機場

成田國際機場位於東京都東邊的千葉縣，是日本最大的國際機場，也是國外來的訪客最多的機場，是代表日本的「天空的玄關口」。千葉縣也以東京迪士尼樂園聞名，在成田機場內可以買票搭乘「利木津巴士」直達迪士尼樂園。

かんさいこくさいくうこう

関西国際空港

ka n sa i ko ku sa i ku u ko u

關西國際機場

從國外來的入境者第二多的是位於大阪府的關西國際機場，到日本西部旅行時常會經過這個機場，入境者數跟第一名的成田國際機場差距不大。是世界第一座蓋在人工島嶼之上的機場，跟陸地只有一條道路連著。

とうきょうこくさいくうこう

東京国際空港

to u kyo u ko ku sa i ku u ko u

東京國際機場

又稱羽田機場，營運以國內航線為主，國際航線較少，但近年開始增設。是日本第三從國外入境者眾多的機場，但跟上面兩個機場相較起來少了很多。位於東京都之內，要到東京的訪客常會使用這個機場。

搭乘交通工具時

05 公車

06 計程車

07 電車

05 公車 バス

◆ 請聽以下會話，並跟著說說看。

對話A

旅客　すみません、このバスは池袋（いけぶくろ）**行（ゆ）きですか。**
su mi ma se n, ko no ba su wa i ke bu ku ro yu ki de su ka?
不好意思，這輛公車是往池袋去的嗎？

司機　はい、池袋東口（いけぶくろひがしぐち）行（ゆ）きです。
ha i, i ke bu ku ro hi ga shi gu chi yu ki de su.
是的，往池袋東口去的。

對話B

旅客　このバスが池袋東口（いけぶくろひがしぐち）**に着（つ）いたら、教（おし）えていただけませんか。**
ko no ba su ga i ke bu ku ro hi ga shi gu chi ni tsu i ta ra, o shi e te i ta da ke ma se n ka?
這輛公車到池袋東口的話，可以告訴我嗎？

司機　はい、わかりました。
ha i, wa ka ri ma shi ta.
好，我知道了。

新出現的單字

行（ゆ）き yu ki 往～方向
着（つ）きます tsu ki ma su 抵達
教（おし）えます o shi e ma su 告訴
わかります wa ka ri ma su 明白

句型 09 往池袋去的嗎？

句型 10 到池袋東口的話，可以告訴我嗎？

句型09

地點 + 行(ゆ)きですか。 往～方向去嗎？

「行(い)きます」跟「行(ゆ)き」一樣，都是指前往的方向，不見得是終點站，所以如果想知道終點站是否如同公車牌子上標的一樣，建議追加詢問「地點 + が終点(しゅうてん)ですか。」會更理想。不過，大多公車牌子上還是會以終點站標示，以減少混亂。另外，「行きます」的「行」唸作「い」，而「地點 + 行き」則唸作「ゆ」，請注意這個發音的差別，否則日本人可能會聽不懂唷。

句型10

地點 + に着(つ)いたら、教(おし)えていただけませんか。

到～的話，可以告訴我嗎？

「に」是指到達點，也就是表示某人、交通工具進入的場域，而「～たら」是假定形，口語來說就是一種「假設」的表現，可以翻譯成「～的話」，因此綜合來看就是「假設～到達的話」。另外「～いただけませんか」是很有禮貌請求對方「為自己」做某事使用，所以這邊加上表示「告訴」的「教(おし)えます」，就表示「（你為我）告訴我」的意思。

雖然日本在服務方面很好，但公車司機因為忙於開車，常常沒有餘力顧及每個乘客，搭車時最好要預先自己查好什麼時候要開始準備下車。真不得已，才請司機到站提醒你。

往池袋去的嗎？

［　　］行（ゆ）きですか。

［　　］yu ki de su ka?

往［　　］方向去嗎？

◆ 試試看在空格內套入各種單字。

雷門前（かみなりもんまえ）
ka mi na ri mo n ma e
雷門前

渋谷駅（しぶやえき）ハチ公口（こうぐち）
shi bu ya e ki ha chi ko u gu chi
澀谷車站八公口

新大久保駅前（しんおおくぼえきまえ）[3]
shi n o o ku bo e ki ma e
新大久保車站前

近鉄奈良（きんてつなら）
ki n te tsu na ra
近鐵奈良

3 新大久保車站雖然狹小，但一出站往右大馬路走去，是寬敞的「大久保通り（おおくぼどおり）（大久保通）」，「通り（とおり）」是大馬路的意思。大久保通裡的大街小巷有很多的韓流店家，所以這個地帶也被稱為韓國街。另外，新大久保車站因為跟新宿車站只差一站，只要走一下就可以到達新宿車站。

到池袋東口的話，可以告訴我嗎？

05-3

つ　　　おし
□□□□に着いたら、教えていただけませんか。

□□□□ ni tsu i ta ra, o shi e te i ta da ke ma se n ka?

到□□□□的話，可以告訴我嗎？

◆ 試試看在空格內套入各種單字。

めいじじんぐう
明治神宮 1

me i ji n gu u

明治神宮

とうきょう
東京スカイツリー

to u kyo u su ka i tsu ri i

東京晴空塔

とうきょう
東京タワー

to u kyo u ta wa a

東京鐵塔

な　ら　こうえん
奈良公園

na ra ko u e n

奈良公園

1 明治神宮是明治天皇及昭憲皇太后靈位設置的地方，但是陵寢在京都的伏見桃山陵。明治神宮有全日本最大且最知名的木製「鳥居」，也是日本人每年第一次參拜時最愛去的地方。另外，明治神宮近鄰知名的流行發信地「原宿」，在那可以看見許多當下年輕人喜好的各種繽紛的流行物品。

尋求協助

05-4

◆ 請聽以下的對話，並跟著說說看。

旅客不熟悉路線，想拜託司機看看。

旅客　あの…すみません。
a no...su mi ma se n.

司機　はい、どうしましたか。
ha i, do u shi ma shi ta ka?

旅客　**このバスは池袋(いけぶくろ)行(ゆ)きですか。**
ko no ba su wa i ke bu ku ro yu ki de su ka?

司機　はい、池袋東口(いけぶくろひがしぐち)行(ゆ)きです。
ha i, i ke bu ku ro hi ga shi gu chi yu ki de su.

旅客　**このバスが池袋東口(いけぶくろひがしぐち)に着(つ)いたら、教(おし)えていただけませんか。**
ko no ba su ga i ke bu ku ro hi ga shi gu chi ni tsu i ta ra, o shi e te i ta da ke ma se n ka?

司機　はい、わかりました。
ha i, wa ka ri ma shi ta.

旅客　那個…不好意思。
司機　是的，怎麼了？
旅客　**這輛公車是往池袋去的嗎？**
司機　是的，往池袋東口去的。
旅客　**這輛公車到池袋東口的話，可以告訴我嗎？**
司機　好，我知道了。

驗收

05 公車

解答在 243 頁

A 請從選項中選出能填入空格的詞。

選項　**行(ゆ)き｜ていただけません｜バス｜に**

① 這輛公車是往池袋去的嗎？

このバスは池袋(いけぶくろ) ______ ですか。

② 這輛公車到池袋東口的話，可以告訴我嗎？

このバスが池袋東口(いけぶくろひがしぐち) ______ 着(つ)いたら、教(おし)え ______ か。

B 請在選項中找書適當的表現，並完成下列的句子。

選項　**東京(とうきょう)スカイツリー｜奈良公園(ならこうえん)｜東京(とうきょう)タワー｜明治神宮(めいじじんぐう)**

① 這輛公車是往奈良公園去的嗎？

このバスは ______ 行(ゆ)きですか。

② 這輛公車是往東京晴空塔去的嗎？

このバスは ______ 行(ゆ)きですか。

③ 這輛公車到明治神宮的話，可以告訴我嗎？

このバスが ______ に着(つ)いたら、教(おし)えていただけませんか。

06 計程車 タクシー

◆ 請聽以下的會話，並跟著說說看。

對話A

司機 どちらまでですか。
do chi ra ma de de su ka?
要到哪裡呢？

紀明 **清水寺(きよみずてら)まで、お願(ねが)いします。**
ki yo mi zu te ra ma de, o ne ga i shi ma su.
麻煩你到清水寺。

對話B

旅客 **清水寺(きよみずてら)まで、どのくらいかかりますか。**
ki yo mi zu te ra ma de, do no ku ra i ka ka ri ma su ka?
到清水寺要花多久時間？

紀明 20分(にじゅっぷん)くらいかかります。
ni jyu p pu n ku ra i ka ka ri ma su.
要花20分左右。

新出現的單字

どちら do chi ra 哪裡

かかります ka ka ri ma su 花費

くらい ku ra i 左右

句型 11 麻煩你到清水寺。

句型 12 到清水寺要花多久時間？

句型11

地點 + まで、お願(ねが)いします。 麻煩你到～

「まで」是用來表示終點的詞，這樣講也就是要求計程車司機將自己送到這個終點。平常這個助詞可以翻譯成「到」，但還是不建議太依賴中文唷。另外，「お願(ねが)いします」是很有禮貌的請託表現，相當於「請～」、「麻煩你～」。

句型12

地點 + まで、どのくらいかかりますか。

到～要花多久時間呢？

前面已經有解說過「まで」了，那現在來解說「どのくらい」。「どのくらい」是詢問程度的疑問詞，而因為這邊是搭配坐車時間，所以是問「時間長度的程度」，再加上「かかります」表示「花費」，組合起來就是「花多久 / 多少程度時間」的意思。

雖然日本計程車不便宜，但是在行程緊湊、或是身心疲憊時，計程車還是最適合的交通工具。另外，日本的計程車通常是自動門，所以車停在面前時，請別匆忙開門，門會自己打開，而坐進去或是下車時，都不必勞煩自己的手，門都會由司機開關，請小心別手動，不然容易弄壞汽車唷。

麻煩你到清水寺。

06-2

＿＿＿ まで、お願(ねが)いします。

＿＿＿ ma de, o ne ga i shi ma su.

麻煩你到 ＿＿＿ 。

◆ 試試看在空格內套入各種單字。

この場所(ばしょ)
ko no ba syo
這個地方

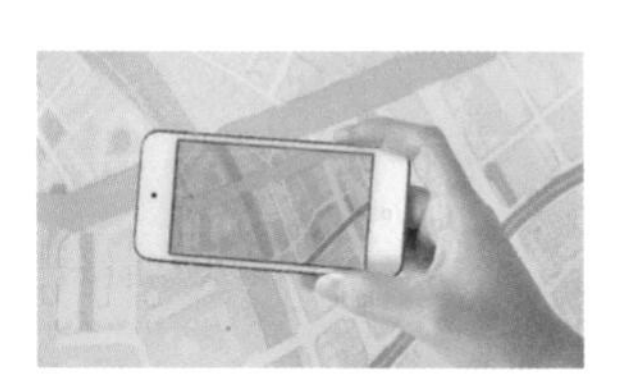

最寄(もよ)りの駅(えき) 2
mo yo ri no e ki
最近的車站

新宿(しんじゅく)
shi n jyu ku
新宿

ディズニーランド
dhi zu ni i ra n do
迪士尼樂園

2「最寄(もよ)り」可以指「最近」或是「附近」，而「駅(えき)」是車站的意思，如果真的迷路了，找計程車是最好的方式，他可以帶你到最近的車站，讓你從車站重新開始旅程。不過日本的司機不像台灣司機那樣熟悉大街小巷，大多還是會依賴導航，所以也建議可以直接出示導航或是地址給司機看。

句型12 練習 到清水寺要花多久時間？

06-3

【　　　】まで、どのくらいかかりますか。

【　　　】ma de, do no ku ra i ka ka ri ma su ka?

到【　　　】要花多久時間呢？

◆ 試試看在空格內套入各種單字。

交番（こうばん）
ko u ba n
派出所

コンビニ
ko n bi ni
便利商店

ショッピングモール
syo p pi n gu mo o ru
購物中心

神社（じんじゃ）
ji n jya
神社

「コンビニ」是「コンビニエンスストア」的略稱。日本三大便利商店的略稱，分別是「ファミマ（全家）」、「セブン（7）」或「セブイレ（7-11）」，而 LAWSON 本身音節短，所以直接講全名「ローソン」就可以了。

日本的便利商店都有熟食販賣區，尤其是炸物特別好吃，十分推薦大家試試看。

快速又便利的計程車

◆ 請聽以下會話，並跟著說說看

觀光了到一半，紀明迷路了，只好用計程車直達目的地。

司機　どちらまでですか。
do chi ra ma de de su ka?

紀明　**清水寺(きよみずてら)まで、お願(ねが)いします。**
ki yo mi zu te ra ma de, o ne ga i shi ma su.

司機　わかりました。
wa ka ri ma shi ta.

紀明　**清水寺(きよみずてら)まで、どのくらいかかりますか。**
ki yo mi zu te ra ma de, do no ku ra i ka ka ri ma su ka?

司機　20分(にじゅっぷん)くらいかかります。
ni jyu p pu n ku ra i ka ka ri ma su.

●此時紀明看到熟悉的路標

紀明　ここで止(と)めてください。
ko ko de to me te ku da sa i.

司機　はい、1800円(せんはっぴゃくえん)になります。
ha i, se n ha p pya ku e n ni na ri ma su.

紀明　お釣(つ)りはいりません。ありがとうございました。
o tsu ri wa i ri ma se n, a ri ga to u go za i ma shi ta.

司機　要到哪裡呢？
紀明　**麻煩你到清水寺。**
司機　明白了。
紀明　**到清水寺要花多久時間？**
司機　要花 20 分左右。
紀明　請在這裡停車。
司機　好，1800 日圓。
紀明　不需要找零，謝謝你。

06 計程車

解答在 244 頁

A 請從選項中選出能填入空格的詞。

選項　まで ｜ どちら ｜ くらい ｜ どのくらい

① 要到哪裡呢？

＿＿＿＿ までですか。

② 麻煩你到清水寺。

清水寺（きよみずてら）＿＿＿＿、お願（ねが）いします。

③ 到清水寺要花多久時間？

清水寺（きよみずてら）まで、＿＿＿＿ かかりますか。

B 請在選項中找出適當的表現，並完成下列的句子。

選項　ショッピングモール ｜ コンビニ ｜ 交番（こうばん） ｜ 神社（じんじゃ）

① 麻煩你到派出所。

＿＿＿＿ まで、お願（ねが）いします。

② 麻煩你到便利商店。

＿＿＿＿ まで、お願（ねが）いします。

③ 到神社要花多久時間？

＿＿＿＿ まで、どのくらいかかりますか。

07 電車 電車（でんしゃ）

◆ 請聽以下會話，並跟著說說看。

對話A

紀明　すみません、時刻表（じこくひょう）**をもらえますか。**

su mi ma se n, ji ko ku hyo u o mo ra e ma su ka?

不好意思，我能拿時刻表嗎？

站員　いいですよ。どうぞ。

i i de su yo. do u zo.

可以啊，請拿。

對話B

紀明　すみません、**この**電車（でんしゃ）**は**大宮駅（おおみやえき）**には止**（と）**まりますか。**

su mi ma se n, ko no de n sya wa o o mi ya e ki ni wa to ma ri ma su ka?

不好意思，這班電車有停大宮站嗎？

站員　いいえ、大宮駅（おおみやえき）には止（と）まりません。

i i e, o o mi ya e ki ni wa to ma ri ma se n.

不，不停大宮站喔。

新出現的單字

時刻表（じこくひょう） ji ko ku hyo u 時刻表

もらいます mo ra i ma su 得到

電車（でんしゃ） de n sya 電車

止まります（と） to ma ri ma su 停止

07-1

句型 13 我能拿時刻表嗎？

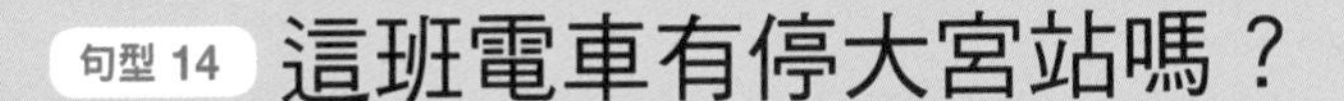

句型 14 這班電車有停大宮站嗎？

句型 13

東西 + をもらえますか。 能拿～嗎？

觀光景點或是交通設施，通常都會有為了旅客製作的導覽手冊。用中文跟人要東西時會說「我可以拿～嗎？」，「拿」直譯成日文動詞通常是「取(と)ります」這個字，但是這在日語中是表示「拿起來 / 拿過來」，而沒有所謂的「索取 / 得到」的意思。因此我們想要「得到」這個時刻表，應該要使用表示得到的「もらいます」唷。實際上要的時候會禮貌性地使用可能疑問形態，而講「もらえますか（能～嗎？）」。

句型 14

この + 交通工具 + は + 站名 + には止(と)まりますか。
這～有停～嗎？

「この」這個指示代名詞後面要直接接上名詞，例如「この切符(きっぷ)」就是指「這枚車票」，這樣的結合，後面接主語「は」來表示後面要問的是什麼。「止(と)まります」前面加了「に」，表示「到達點」，此處指的便是列車停留、抵達的地方。

在日本都會區，日本人幾乎都仰賴電車通勤、通學，而且許多上班族甚至每天坐車跨縣市來回移動。大都市的通勤尖峰期常會出現「満員電車(まんいんでんしゃ)」，乘客身體貼著身體，徹底擠滿整個車廂。因此也有人會避開尖峰時刻上下班，造成工時更長。

我能拿時刻表嗎？

＿＿＿をもらえますか。

＿＿＿o mo ra e ma su ka?

能拿＿＿＿嗎？

◆ 試試看在空格內套入各種單字。

チケット
chi ke t to
門票

新聞（しんぶん）
shi n bu n
報紙

団扇（うちわ）
u chi wa
團扇

路線図（ろせんず）
ro se n zu
路線圖

在日本越靠近大都市，鐵路線路會變得越多越複雜，因此，許多人會下載專用的「アプリ（APP）」，直接輸入自己所在位置及想抵達的車站，交給 APP 幫忙顯示各種搭乘方式、所需時間、金額以及是否要換車。看來非常方便，但現今還是有不少日本人，不管老少，還是靠一張路線圖來自己安排回家的路線。

這班電車有停大宮站嗎？

07-3

この＿＿は＿＿には止（と）まりますか。

ko no ＿＿ wa ＿＿ ni wa to ma ri ma su ka?

這＿＿有停＿＿嗎？

◆ 試試看在空格內套入各種單字。

バス/渋谷（しぶや）
ba su/ shi bu ya
巴士/澀谷

地下鉄（ちかてつ）/銀座（ぎんざ）
chi ka te tsu / gi n za
地鐵/銀座

ＪＲ（ジェーアール）/原宿（はらじゅく）
jye e a a ru / ha ra jyu ku
JR/原宿

人力車（じんりきしゃ）/竹（たけ）のトンネル 4
ji n ri ki sya/ ta ke no to n ne ru
人力車/竹林隧道

4 在日本的部分觀光景點，可以看到車伕拖著人力車載客人遊覽周邊的風景。人力車以時間搭配路線計算價錢，而且一邊搭車，車伕還會跟旅客聊天，介紹附近風景，也是練日文的好機會。有些地方普通旅客是不能進去的，唯有搭人力車才能入場一賞稀有的美麗風景。如果不怕傷荷包的話，可以試試看唷。

面對都會繁多的路線圖，還是用問得好

07-4

◆ 請聽以下會話，並跟著說說看。

紀明　すみません、**時刻表**（じこくひょう）**をもらえますか。**
su mi ma se n, ji ko ku hyo u o mo ra e ma su ka?

站員　いいですよ。どうぞ。
i i de su yo, do u zo.

紀明　ありがとうございます。
a ri ga to u go za i ma su.

●紀明照著時刻表到了 2 號月台

紀明　すみません、**この電車**（でんしゃ）**は大宮駅**（おおみやえき）**には止**（と）**まりますか。**
su mi ma se n, ko no de n sya wa o o mi ya e ki ni wa to ma ri ma su ka?

站員　いいえ、大宮駅（おおみやえき）には止（と）まりません。
i i e, o o mi ya e ki ni wa to ma ri ma se n.

紀明　じゃ、大宮駅（おおみやえき）行（ゆ）きの電車（でんしゃ）は何番線（なんばんせん）ですか。
jya, o o mi ya e ki yu ki no de n sya wa na n ba n se n de su ka?

站員　3番線（さんばんせん）です。
sa n ba n se n de su.

紀明　わかりました。ありがとうございます。
wa ka ri ma shi ta, a ri ga to u go za i ma su.

紀明　不好意思，**我能拿時刻表嗎？**
站員　可以啊，請拿。
紀明　謝謝。
紀明　不好意思，**這班電車有停大宮站嗎？**
站員　不，不停大宮站喔。
紀明　那麼，往大宮站的電車在幾號月台？
站員　3 號月台。
紀明　我明白了。謝謝你。

07 電車

解答在 244 頁

A 請從選項中選出能填入空格的詞。

選項　この ｜ 何番線（なんばんせん） ｜ もらえます

① 我能拿時刻表嗎？

時刻表（じこくひょう）を ＿＿＿＿ か。

② 這班電車有停大宮站嗎？

＿＿＿＿ 電車（でんしゃ）は大宮駅（おおみやえき）には止（と）まりますか。

③ 往大宮站的電車在幾號月台？

大宮駅（おおみやえき）行（ゆ）きの電車（でんしゃ）は ＿＿＿＿ ですか。

B 請在選項中找出適當的表現，並完成下列句子。

選項　ポスター ｜ チケット ｜ 竹（たけ）のトンネル ｜ 路線図（ろせんず） ｜ 人力車（じんりきしゃ）

① 能拿門票嗎？

＿＿＿＿ をもらえますか。

② 能拿海報嗎？

＿＿＿＿ をもらえますか。

③ 這個人力車有停竹林隧道嗎？

この ＿＿＿＿ は ＿＿＿＿ には止（と）まりますか。

常見的交通工具

じどうしゃ
自動車
ji do u sya
車

バス
ba su
巴士

タクシー
ta ku shi i
計程車

バイク
ba i ku
機車

でんしゃ
電車
de n sya
電車

しんかんせん
新幹線
shi n ka n se n
新幹線

きゃくせん
客船
kya ku se n
旅客船

ひこうき
飛行機
hi ko u ki
飛機

在飯店

08 入住飯店

09 飯店的服務

10 飯店的問題

11 退房

08 入住飯店 チェックイン

◆ 請聽以下會話，並跟著說說看。

對話A

紀明　チェックインを**お願**（ねが）**いします。**
che k ku i n o o ne ga i shi ma su.
麻煩幫我辦理住宿手續。

櫃檯　はい。パスポートをお願（ねが）いします。
ha i. pa su po o to o o ne ga i shi ma su.
好的，請給我您的護照。

對話B

櫃檯　こちらの宿泊（しゅくはく）カードにご記入（きにゅう）ください。
ko chi ra no syu ku ha ku ka a do ni go ki nyu u ku da sa i.
請填這個住宿卡。

紀明　中国語（ちゅうごくご）**でもいいですか。**
chu u go ku go de mo i i de su ka?
可以用中文嗎？

新出現的單字

宿泊（しゅくはく） syu ku ha ku　住宿

記入します（きにゅう） ki nyu u shi ma su　寫字、填入

句型 15 麻煩幫我辦理住宿手續。

句型 16 可以用中文嗎？

句型15

表示需求的名詞 + をお願いします。 麻煩幫我～

如同本書之前的文法，「お願いします」有對對方請託的意思，這次也是以助詞「を」使用，但前述要放入的是「有需求的名詞」，這名詞也可以是某個動作，例如「「会計（結帳）」，或是單純想要的東西，例如「肉まん（肉包）」。用以上的規則，可以在很廣泛的請託表現上使用。

句型16

語言 + でもいいですか。 可以用～嗎？

「～でもいいですか」意為向對方尋求許可，而前面放了語言，則是在問對方可否許可自己用這種語言做某事。「いい」是「好」的意思。「か」則是疑問表現，表示詢問。

日本住宿分為西式及和式，西式如同台灣常見的飯店、商務旅館擺設，而和式旅館會有榻榻米及矮桌，是鋪棉被在地板的睡覺和式房間。不過因應旅客需求，部分西式旅館也會有溫泉，和式房內也有可能會有西式床鋪唷。

麻煩幫我辦理住宿手續。

[　　　] をお願（ねが）いします。

[　　　] o o ne ga i shi ma su.

麻煩幫我 [　　　]

◆ 試試看在空格內套入各種單字。

注文（ちゅうもん）
chu u mo n
點餐

会計（かいけい）
ka i ke i
結帳

自己紹介（じこしょうかい）
ji ko syo u ka i
自我介紹

返品（へんぴん） 4
he n pi n
退貨

4 日本有許多好東西，台日之間還會有一定的價差，令人心動。不過要小心，雖然東西一模一樣，但在台灣如果需要修理時，原廠廠商有可能需要向日本調零件來修理，這種狀況通常價格不菲。另外，如果在日本買 i phone 的話，手機拍照的喀嚓聲是不能調成靜音的，因為日本人非常注重隱私，為了防止偷拍，買日本的手機就必須要承受這個不便。

可以用中文嗎？

□ でもいいですか。

□ de mo i i de su ka?

可以用 □ 嗎？

◆ 試試看在空格內套入各種單字。

英語（えいご）1
e i go
英文

日本語（にほんご）
ni ho n go
日文

ひらがな
hi ra ga na
平假名

カタカナ
ka ta ka na
片假名

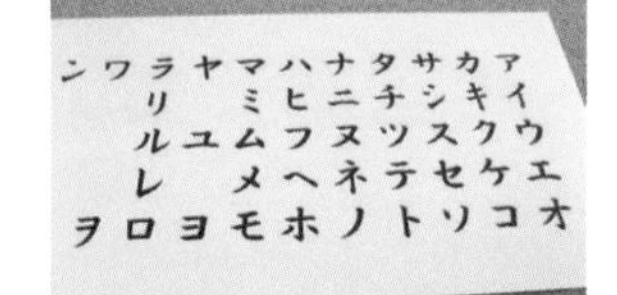

1 雖然英文號稱是世界共通語言，但日本的服務業等還是較依賴日語，會講日語的話較能順利溝通。不過近來講中文的旅客變多了，因此觀光景點的商店、旅館常常會聘請會講中文的店員，因此，即使不會日文，常常也能順利享受旅行。不過，如果想要好好跟日本人交流，還是學好日文，才能享受文化交流特別的樂趣。

親切的飯店接待員

◆ 請聽以下會話，並跟著說說看。

紀明 **チェックインをお願(ねが)いします。**
che k ku i n o o ne ga i shi ma su.

櫃檯 はい。パスポートをお願(ねが)いします。
ha i, pa su po o to o o ne ga i shi ma su.

紀明 どうぞ。
do u zo.

櫃檯 パスポートをコピーさせていただいてもよろしいでしょうか。
pa su po o to o ko pi i sa se te i ta da i te mo yo ro shi i de syo u ka?

紀明 はい、どうぞ。
ha i, do u zo.

櫃檯 こちらの宿泊(しゅくはく)カードにご記入(きにゅう)ください。
ko chi ra no syu ku ha ku ka a do ni go ki nyu u ku da sa i.

紀明 **中国語(ちゅうごくご)でもいいですか。**
chu u go ku go de mo i i de su ka?

櫃檯 はい。お客様(きゃくさま)の部屋番号(へやばんごう)は308号室(さんまるはちごうしつ)でございます。
ha i, o kya ku sa ma no he ya ba n go u wa sa n ma ru ha chi go u shi tsu de go za i ma su.

紀明 わかりました。
wa ka ri ma shi ta.

紀明 **麻煩幫我辦理住宿手續。**
櫃檯 好的，請給我您的護照。
紀明 請。
櫃檯 可以讓我複印您的護照嗎？
紀明 好的，請。
櫃檯 請填這個住宿卡。
紀明 **可以用中文嗎？**
櫃檯 可以。客人您的房號是 308 號房。
紀明 明白了。

08 入住飯店

解答在 244 頁

A 請從選項中選出能填入空格的詞。

選項　チェックイン｜でもいい｜部屋番号（へやばんごう）｜ところで

① 麻煩幫我辦理住宿手續。

□ をお願（ねが）いします。

② 可以用中文嗎？

中国語（ちゅうごくご）□ ですか。

③ 房號是 308 號房。

□ は 308 号室（さんまるはちごうしつ）でございます。

B 請在選項中找出適當的表現，並完成下列的句子。

選項　ひらがな｜会計（かいけい）｜英語（えいご）｜カタカナ

① 麻煩幫我結帳。

□ をお願（ねが）いします。

② 可以用英文嗎？

□ でもいいですか

③ 可以用平假名嗎？

□ でもいいですか。

09 飯店的服務 ホテルのサービス

◆ 請聽以下會話，並跟著說說看。

對話A

紀明　朝食の時間は何時から何時までですか。（ちょうしょく／じかん／なんじ／なんじ）
cho u syo ku no ji ka n wa na n ji ka ra na n ji ma de de su ka?
早餐的時間是幾點到幾點呢？

櫃檯　7時半から9時半までです。（しちじはん／くじはん）
shi chi ji ha n ka ra ku ji ha n ma de de su.
從7點半到9點半為止。

對話B

紀明　どこで食べますか。（た）
do ko de ta be ma su ka?
在哪裡吃呢？

櫃檯　1階のレストランでございます。（いっかい）
i k ka i no re su to ra n de go za i ma su.
1樓的餐廳。

新出現的單字

時間（じかん） ji ka n 時間
何時（なんじ） na n ji 幾點
食べます（た） ta be ma su 吃
レストラン re su to ra n 餐廳

句型 17 從 7 點半到 9 點半為止。

句型 18 在哪裡吃呢？

句型17

時間 + から + 時間 + までです。 從～到～為止。

「から」表示時間或地點的起點，相對的，「まで」則表示終點。在上面的會話當中，因為櫃檯要說的是某時間的開始和結束，所以會將「から」和「まで」一起使用。但在其他的會話當中，不見得「から」和「まで」會一起出現，如果只是說開始時間，不介意結束時間，那麼只要說：「7時半（しちじはん）からです（從 7 點半開始）」就可以了。

句型18

どこで + 動作 + か。 在哪裡～呢？

「どこ」是疑問詞，是「哪裡」的意思。「で」則是表示動作的場所的助詞，有時可以翻成「在」（註：但還是有許多不確定性），因此到這邊為止可以理解為「在哪裡」。而要詢問在這個地點「做什麼事呢」，則可以直接套用動詞，再加上疑問詞「か」，表示向對方詢問在哪裡做某事。

在台灣泡溫泉時常常是穿泳衣泡，但在日本入浴時都是全裸，不管男女都如此。溫泉有分男湯及女湯，也有混浴的情形，外國旅客也許不太習慣，但入境隨俗，也是種文化體驗，可斟酌自己的狀況。另外，對日本人來說刺青是黑道的文化，許多溫泉、澡堂等地方常會拒絕身上有刺青的客人入內，若身上有刺青，入浴前要先注意一下設施的規定。

從 7 點半到 9 點半為止。

[　　] から [　　] までです。

[　　] ka ra [　　] ma de de su.

從 [　　] 到 [　　] 為止。

◆ 試試看在空格內套入各種單字。

あさ　ひる
朝/昼
a sa / hi ru
早上 / 中午

ゆうかた　ばん
夕方/晩
yu u ka ta / ba n
黃昏 / 晚上

くうこう　どうとんぼり
空港/道頓堀 3
ku u ko u / do u to n bo ri
機場 / 道頓堀

えき　おおさかじょう
駅/大阪城
e ki / o o sa ka jyo u
車站 / 大阪城

3 道頓堀是位於大阪府有名景點，有俗稱「跑跑人」的知名霓虹看板，在跑跑人前有小運河，可以搭乘遊玩。跑跑人是零食廠商「固力果」的廣告，堪稱世界上最有名的戶外廣告板。在 1935 年設立，至今為第六代，轉為 LED 燈，因為燈光效果好，建議晚上去拍，會非常漂亮。

在哪裡吃呢？

どこで [　　] か。

do ko de [　　] ka?

在哪裡 [　　] 呢？

◆ 試試看在空格內套入各種單字。

飲(の)みます
no mi ma su
喝

買(か)います
ka i ma su
買

もらいます
mo ra i ma su
拿

乗(の)ります 4
no ri ma su
搭乘

4 搭乘有兩種，一種是「從哪個『地點』」搭乘，一種是「搭乘『什麼東西』」。如果是要在車站搭乘，請用這個文法的助詞「で」，例如：「バス停(てい)で乗(の)ります（在巴士站搭乘）」。但如果是搭乘「東西」，也就是交通工具本身，例如：「バスに乗(の)ります」，必須用表示進入的「に」才對唷。

舒適的飯店服務

09-4

◆ 請聽以下會話，並跟著說說看。

紀明　すみません、朝食(ちょうしょく)付(つ)きですか。
su mi ma se n, cho u syo ku tsu ki de su ka?

櫃檯　はい、そうです。少々(しょうしょう)お待(ま)ちください。こちらは朝食券(ちょうしょくけん)でございます。
ha i, so u de su. syo u syo u o ma chi ku da sa i.ko chi ra wa cho u syo ku ke n de go za i ma su.

紀明　ありがとうございます。朝食(ちょうしょく)の時間(じかん)は何時(なんじ)から何時(なんじ)までですか。
a ri ga to u go za i ma su, cho u syo ku no ji ka n wa na n ji ka ra na n ji ma de de su ka?

櫃檯　**7時半(しちじはん)から9時半(くじはん)までです。**
shi chi ji ha n ka ra ku ji ha n ma de de su.

紀明　**どこで食(た)べますか。**
do ko de ta be ma su ka?

櫃檯　1階(いっかい)のレストランでございます。
i k ka i no re su to ra n de go za i ma su.

●紀明拿著早餐券上樓放好，準備泡個溫泉

紀明　すみません、温泉(おんせん)に入(はい)るとき、タオルを巻(ま)いてもいいですか。
su mi ma se n, o n se n ni ha i ru to ki, ta o ru o ma i te mo i i de su ka?

櫃檯　申(もう)し訳(わけ)ございません。タオルはご遠慮(えんりょ)ください。
mo u shi wa ke go za i ma se n, ta o ru wa go e n ryo ku da sa i.

紀明　わかりました。
wa ka ri ma shi ta.

紀明　不好意思，有附早餐嗎？
櫃檯　是，有的。請稍等。這是早餐券。
紀明　謝謝。早餐的時間是幾點到幾點呢？
櫃檯　**從7點半到9點半為止。**
紀明　**在哪裡吃呢？**
櫃檯　1樓的餐廳。
紀明　不好意思，泡溫泉的時候，能包浴巾嗎？
櫃檯　非常抱歉，不能使用浴巾。
紀明　我明白了。

09 飯店的服務

解答在 245 頁

A 請從選項中選出能填入空格的詞。

選項　**何時(なんじ)** | **で** | **巻(ま)いてもいい** | **7時(しちじ)** | **9時(くじ)**

① 早餐的時間是幾點到幾點呢？

朝食(ちょうしょく)の時間(じかん)は ＿＿＿＿ から ＿＿＿＿ までですか。

② 在哪裡吃呢？

どこ ＿＿＿＿ 食(た)べますか。

③ 泡溫泉的時候，能穿浴巾嗎？

温泉(おんせん)に入(はい)るとき、タオルを ＿＿＿＿ ですか。

B 請在選項中找出適當的表現，並完成下列句子。

選項　**もらいます** | **食(た)べます** | **朝(あさ)** | **買(か)います** | **晩(ばん)**

① 從早到晚。

＿＿＿＿ から ＿＿＿＿ までです。

② 在哪裡吃呢？

どこで ＿＿＿＿ か。

③ 在哪裡買呢？

どこで ＿＿＿＿ か。

10 飯店的問題 ホテルのトラブル

◆ 請聽以下會話，並跟著說說看。

對話A

櫃檯 はい。どうなさいましたか。
ha i. do u na sa i ma shi ta ka?
是，請問怎麼了嗎？

紀明 ドライヤー**が壊（こわ）れているみたいです。**
do ra i ya a ga ko wa re te i ru mi ta i de su.
吹風機好像壞了。

對話B

紀明 すみません、トイレットペーパー**がありません。**
su mi ma se n, to i re t to pe e pa a ga a ri ma se n.
不好意思，廁所衛生紙沒了。

櫃檯 ただいまお持（も）ちします。
ta da i ma o mo chi shi ma su.
現在立刻幫您送過去。

新出現的單字

ドライヤー do ra i ya a 吹風機

壊（こわ）れます ko wa re ma su 壞掉（敬體）

トイレットペーパー to i re t to pe e pa a 廁所衛生紙

ただいま ta da i ma 現在

句型 19 吹風機好像壞了。
句型 20 沒有衛生紙了。

10-1

句型19

可能壞掉的東西 + が壊れているみたいです。

～好像壞掉了

動詞有分「他動詞」及「自動詞」，他動詞是指「有人去做了什麼事」，而自動詞是「東西自己怎麼了」。「壞掉」的日文他動詞為「壊します」，自動詞為「壊れます」，「そう」的組合是「好像～」的意思。請小心使用自他動詞，如果不用句型中的自動詞講法「壊れます」，那表達的意思就是「好像是我把它弄壞的」，那這下可糟糕囉。

句型20

東西 + がありません。 沒有～

「ありません」是沒有的意思，相反的「有」則是「あります」。這個詞只限於用在無生命、不會移動的東西的「有無」。如果是有生命、會移動的人、生物，則要用「います（有）」或「いません（沒有）」。

在日本的飯店住宿，偶爾遇到設備出問題是正常的，基於日本的服務業精神，一定會幫客人處理好，甚至升等房間。但用對日文溝通，才是上上策唷，否則後續的走向就會不同了。

吹風機好像壞了。

□が壊(こわ)れているみたいです。

□ ga ko wa re te i ru mi ta i de su.

□好像壞掉了。

◆ 試試看在空格內套入各種單字。

電気(でんき)ケトル
de n ki ke to ru
快煮壺

エアコン
e a ko n
空調

リモコン
ri mo ko n
遙控器

コンセント
ko n se n to
插座

日本電壓為 100 伏特，台灣為 110 伏特，通常短期旅行時，在日本用台灣的東西充電是沒什麼問題的，但如果是台灣會用的三插頭，那可能就要準備變壓器。因為是短期滯留，電器通常受影響不大，但如果要從日本買電器回國，那可能要多加考慮了。另外，在日本買電器回台灣，是沒有保固的唷。

沒有衛生紙了。

＿＿＿があります。

＿＿＿ ga a ri ma se n.

沒有＿＿＿。

◆ 試試看在空格內套入各種單字。

歯（は）ブラシ
ha bu ra shi
牙刷

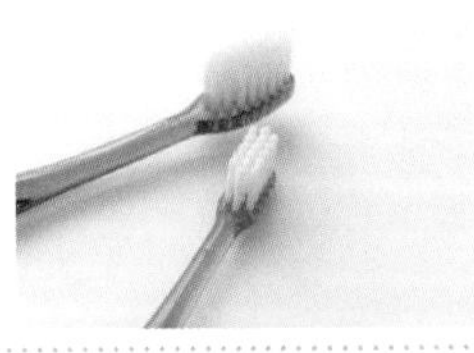

ハンドソープ

ha n do so o pu
洗手乳

シャンプー
sya n pu u
洗髮精

ボディソープ
bo dhi so o pu
沐浴乳

有些日本飯店在浴室附上的洗手乳會標明也可以同時當作洗臉乳來用，如果在瓶身有看到「洗顔（せんがん）」等字眼，通常代表可以兼用，非常方便。這樣一來，在旅行中就不需要再多帶一些私人備品。但是建議在入住前，事先打電話去問飯店是否有附那些備品，畢竟這類消耗品並不是每家都會有的。

不怠慢的日本服務

◆ 請聽以下的對話，並跟著說說看。

櫃檯　はい、フロントでございます。
ha i, hu ro n to de go za i ma su.

紀明　308号室(さんまるはちごうしつ)の王(おう)です。
sa n ma ru ha chi go u shi tsu no o u de su.

櫃檯　はい。どうなさいましたか。
ha i, do na sa i ma shi ta ka?

紀明　**ドライヤーが壊(こわ)れているみたいです。**
do ra i ya a ga ko wa re te i ru mi ta i de su.

櫃檯　失礼(しつれい)いたしました。ただいま伺(うかが)います。
shi tsu re i i ta shi ma shi ta, ta da i ma u ka ga i ma su.

紀明　あ、すみません、**トイレットペーパーがありません**。持(も)ってきてもらってもいいですか。
a, su mi ma se n, to i re t to pe e pa a ga a ri ma se n. mo t te ki te mo ra t te mo i i de su ka?

櫃檯　大変申(たいへんもう)し訳(わけ)ございません。ただいまお持(も)ちします。
ta i he n mo u shi wa ke go za i ma se n, ta da i ma o mo chi shi ma su.

櫃檯　您好，這裡是櫃檯。
紀明　我是 308 號房的王先生。
櫃檯　是，請問怎麼了嗎？
紀明　**吹風機好像壞了。**
櫃檯　真是抱歉，我們馬上過去。
紀明　啊，不好意思，**廁所衛生紙沒了。**可以幫我拿來嗎？
櫃檯　非常抱歉，現在立刻幫您送過去。

10 飯店的問題

解答在 245 頁

A 請從選項中選出能填入空格的詞。

選項　壊(こわ)れているみたい｜持(も)って｜ありません｜でございます

① 遙控器好像壞了。

リモコンが ＿＿＿ です。

② 廁所衛生紙沒了。

トイレットペーパーが ＿＿＿。

③ 可以幫我拿來嗎？

＿＿＿ きてもらってもいいですか。

B 請在選項中找出適當的表現，並完成下列的句子。

選項　ボディソープ｜シャンプー｜ハンドソープ｜ドライヤー

① 吹風機好像壞了。

＿＿＿ が壊(こわ)れているみたいです。

② 洗髮精沒了。

＿＿＿ がありません。

③ 沐浴乳沒了。

＿＿＿ がありません。

11 退房 チェックアウト

◆ 請聽以下的會話，並跟著說說看。

對話A

櫃檯 クレジットカードでのお支払い(しはら)でよろしいでしょうか。
ku re ji t to ka a do de no o shi ha ra i de yo ro shi i de syo u ka?
請問用信用卡付費嗎？

紀明 **いいえ、現金(げんきん)でお願(ねが)いします。**
i i e, ge n ki n de o ne ga i shi ma su.
不，麻煩用現金。

對話B

紀明 **5時(ごじ)まで荷物(にもつ)を預(あず)かってもらえますか。**
go ji ma de ni mo tsu o a zu ka t te mo ra e ma su ka?
可以幫我保管行李到5點嗎？

櫃檯 はい。フロントでお預(あず)かりしておきます。
ha i. hu ro n to de o a zu ka ri shi te o ki ma su.
好的，交由我們櫃檯先保管。

新出現的單字

支払い(しはらい) shi ha ra i 支付

よろしい yo ro shi i 「好」的禮貌說法

現金(げんきん) ge n ki n 現金

荷物(にもつ) ni mo tsu 行李

預かります(あずかります) a zu ka ri ma su 保管

句型 21 麻煩用現金。

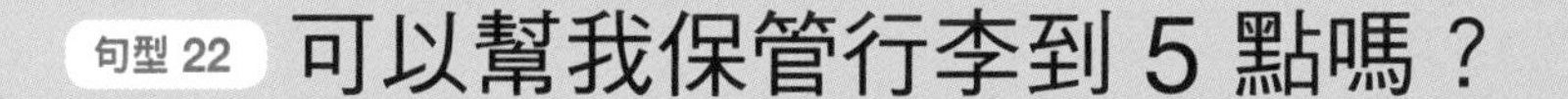

句型21

道具 + でお願(ねが)いします。 麻煩用～。

先前已經學過「お願(ねが)いします」有請託的意思，而不同於先前的「を」，這邊使用「で」+「お願(ねが)いします」，「で」帶有「有其他選項」的含意，這裡是指還有其他的付款方式，而在這許多選項當中，客人選擇用「現金」。請務必記得因此，這種狀況要用「で」而不是「を」。

句型22

時間 +まで + 要保管的物品 + を預(あず)かってもらえますか。
可以幫我保管～到～點嗎？

第 81 頁曾提到過「まで」是表示時間、地點的終點的詞，而這邊指的是想要保管到的時間。而後面的「預(あず)かります（寄放）」的「て」形，加上「もらいますか」的可能形「もらえますか（能～）」，表示希望對方為自己做「寄放的動作」，而用「能」表示一種客氣、委婉。

有時候退房後，距離要到機場的時間還有段空檔，大多旅客都會先到附近晃晃，消磨時間，而這時大量的行李會非常礙事。有時候飯店會貼心的提供暫時寄放，但這不是一定有的服務，所以還是得尊重飯店的意願唷。

麻煩用現金。

□でお願(ねが)いします。

□ de o ne ga i shi ma su.

麻煩用□。

◆ 試試看在空格內套入各種單字。

ラインペイ
ra i n pe i
LINE PAY

アップルペイ
a p pu ru pe i
APPLE PAY

スマホ決済(けっさい)
su ma ho ke s sa i
手機支付

ポイント
po i n to
點數

「キャッシュレス（無現金支付）」簡單來說，就是指我們現在常用的行動支付。行動支付在韓國及中國已發展得有聲有色，各大企業已經涉及了這塊市場，而台灣也緊跟在後。較保守的日本近年也開始有所行動，不過行動支付在日本推行得較慢，主要由於日本人大多對新科技持保守態度，會使用手機設備付款的人就相對的少。

可以幫我保管行李到5點嗎？

5時(ごじ)まで［　　］を預(あず)かってもらえますか。

go ji ma de ［　　］ o a zu ka t te mo ra e ma su ka?

可以幫我保管［　　］到5點嗎？

◆ 試試看在空格內套入各種單字。

かぎ
ka gi
鑰匙

コート
ko o to
外套、大衣

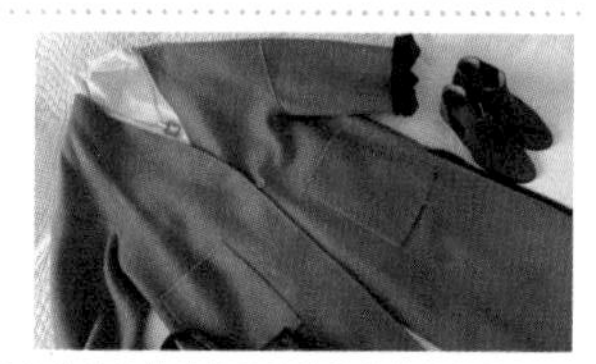

傘(かさ) 3
ka sa
雨傘

帽子(ぼうし)
bo u shi
帽子

3 在日本處處可見透明雨傘，尤其是便利商店一定有得買，而且通常這種傘非常便宜。雖然日本人有看氣象帶傘的習慣，但碰到突然的雨，日本人是很捨得買傘的，而且這種透明雨傘使用後很多人也捨得丟棄，或是留在飯店供其他旅客使用。

睡了一個好覺

11-4

◆ 請聽以下對話，並跟著說說看。

結束旅程，準備退房去機場了。

紀明　おはようございます。308号室(さんまるはちごうしつ)ですが、チェックアウトをお願(ねが)いします。
o ha yo u go za i ma su, sa n ma ru ha chi go u shi tsu de su ga, che k ku a u to o o ne ga i shi ma su.

櫃檯　王紀明様(おうきめいさま)ですね。
o u ki me i sa ma de su ne.

紀明　そうです。
so u de su.

櫃檯　クレジットカードでのお支払(しはら)いでよろしいでしょうか。
ku re ji t to ka a do de no o shi ha ra i de yo ro shi i de syo u ka?

紀明　いいえ、**現金(げんきん)でお願(ねが)いします**。
i i e, ge n ki n de o ne ga i shi ma su.

櫃檯　かしこまりました。
ka shi ko ma ri ma shi ta.

●距離去機場還有空檔，想請飯店幫忙顧行李

紀明　すみませんが、**5時(ごじ)まで荷物(にもつ)を預(あず)かってもらえますか**。
su mi ma se n ga, go ji ma de ni mo tsu o a zu ka t te mo ra e ma su ka?

櫃檯　はい。フロントでお預(あず)かりしておきます。
ha i, hu ro n to de o a zu ka ri shi te o ki ma su.

紀明　早安。我 308 號房…麻煩幫我退房。
櫃檯　請問是王紀明先生嗎？
紀明　是的。
櫃檯　請問用信用卡付費嗎？
紀明　不，**麻煩用現金。**
櫃檯　明白了。
紀明　不好意思，**可以幫我保管行李到 5 點嗎？**
櫃檯　好的，交由我們櫃檯先保管。

驗收

11 退房

解答在 246 頁

A 請從選項中選出能填入空格的詞。

選項　で ｜ を ｜ もらいますか ｜ もらえますか

① 麻煩幫我退房。

チェックアウト [　　　] お願(ねが)いします。

② 麻煩用現金。

現金(げんきん) [　　　] お願(ねが)いします。

③ 可以幫我保管行李嗎？

荷物(にもつ)を預(あず)かって [　　　]。

B 請在選項中找出適當的表現，並完成句子。

選項　コート ｜ ラインペイ ｜ スマホ決済(けっさい) ｜ かぎ

① 麻煩用手機支付。

[　　　] でお願(ねが)いします。

② 可以幫我保管鑰匙嗎？

[　　　] を預(あず)かってもらえますか。

③ 可以幫我保管外套嗎？

[　　　] を預(あず)かってもらえますか。

飯店房間的種類

シングル

shi n gu ru

單人房

一張單人床。

ツイン

tsu i n

雙人房（雙床）

兩張單人床。

ダブル

da bu ru

雙人房（單床）

一張雙人床。

トリプル

to ri pu ru

三人房

三張單人床。

クアッド

ku a d do

四人房

兩張雙人床。

在餐廳

12 點餐

13 客訴

14 預約

15 居酒屋

16 咖啡廳

17 壽司店

18 拉麵店

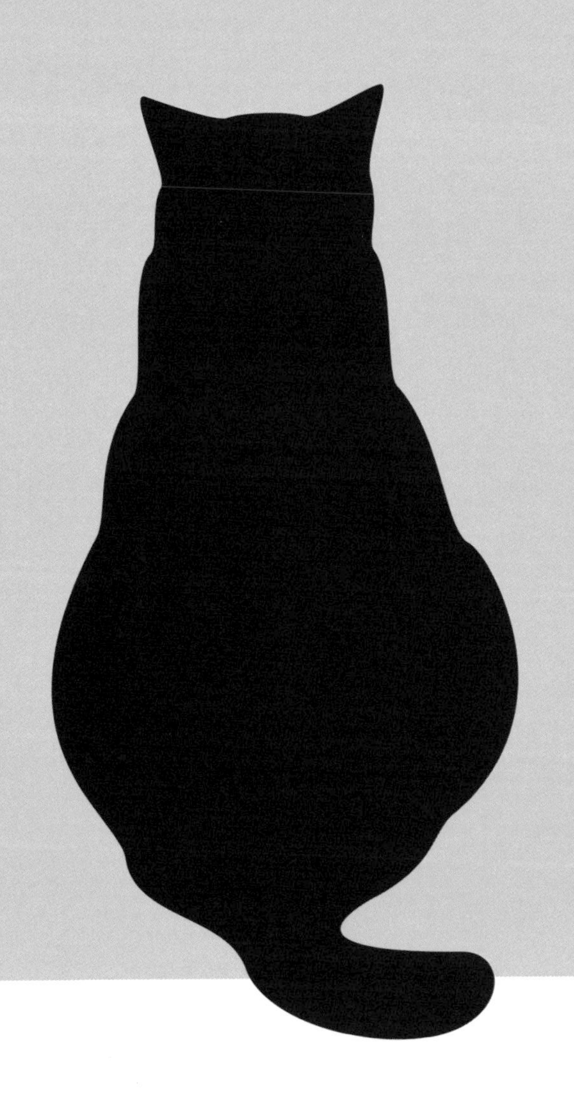

12 點餐 注文

◆ 請聽以下會話，並跟著說說看。

對話A

紀明　すみません。肉が入っていますか。

su mi ma se n. ni ku ga ha i t te i ma su ka?

抱歉。裡面有放肉嗎？

店員　はい、入っています。

ha i, ha i t te i ma su.

是，有放。

紀明　すみません、ベジタリアンなので、肉**は食べられません。**肉抜きでお願いします。

su mi ma se n, be ji ta ri a n na no de, ni ku wa ta be ra re ma se n.ni ku nu ki de o ne ga i shi ma su.

不好意思，我是吃素的，沒辦法吃肉。麻煩幫我拿掉肉。

對話B

紀明　おすすめメニュー**は何ですか。**

o su su me me nyu u wa na n de su ka?

推薦菜單是什麼呢？

店員　ベジタリアンカレーが人気です。

be ji ta ri a n ka re e ga ni n ki de su.

素食咖哩很有人氣。

新出現的單字

入ります ha i ri ma su 放入

ベジタリアン be ji ta ri a n 素食者

すすめ su su me 推薦

メニュー me nyu u 菜單

句型 23 我不能吃肉。

句型 24 推薦的菜單是什麼呢？

句型23

食物 + は食(た)べられません。 我不能吃~

「吃」的日文為「食(た)べます」，「食(た)べられます（能吃）」則是在第 11 單元也有提到過的「可能形」，表示能力。而這邊客人說「不能吃」，所以表示這位客人是無法做到吃肉這件事的，因此將可能形「食(た)べられます」，再變化成否定形的「食(た)べられません（不能吃）」，就可以表現出自己沒有這個能力的意思了。可能形也可以用來表示「不擅長」，例如「お酒(さけ)が飲めません」不一定表示話者身體上不能碰酒，也可能是表示他一喝就會醉倒。

句型24

不知道的事物 + は何(なん)ですか。 ～是什麼呢？

「何(なん)」是疑問詞，表示疑問、發問，而用「何(なん)」來發問的對象是「事、物」，所以這個句型前面要放的是事情或東西。如果疑問句是問「人」，則疑問詞要改為問人的「誰(だれ)」，問時間則是「何時(なんじ)」。

日本吃素的人口較少，外食幾乎沒有素食飲食店可選擇，但有些連鎖餐廳會為素食者開發菜單。去日本旅遊前要查是否有素食店時，建議可以從連鎖店下手。文中的素食咖哩，就是日本知名的咖哩連鎖店「カレーハウスCoCo 壱番屋(いちばんや)（CoCo 壹番屋咖哩）」特地為素食者推出的咖哩。

我不能吃肉。

□ は食(た)べられません。

□ wa ta be ra re ma se n.

我不能吃 □ 。

◆ 試試看在空格內套入各種單字。

卵(たまご)

ta ma go

雞蛋

ピーナッツ

pi i na t tsu

花生

お惣菜(そうざい)

o so u za i

小菜

漬(つ)け物(もの) 4

tsu ke mo no

醃漬物

4 日本醃漬物類似鹹菜、泡菜這類的東西，使用鹽、醬油、味噌、醋、辣椒、糠等將蘿蔔、茄子、刀豆、藕、黃光等小型菜類醃漬，成為配飯的小菜，其中最知名的是「梅干(うめぼ)し（梅干）」。如果吃不習慣的話，也可以依照文型所教的，跟服務生說不需要漬物。

句型24 練習

推薦的菜單是什麼呢？

12-3

なん

［　　　　］は何ですか。

［　　　　］wa na n de su ka?

［　　　　］是什麼呢？

◆ 試試看在空格內套入各種單字。

ひ　が

日替わりランチ

hi ga wa ri ra n chi

每日午餐

き かんげんてい

期間限定のデザート 2

ki ka n ge n te i no de za a to

期間限定的甜點

いちばんやす

一番安いもの

i chi ba n ya su i mo no

最便宜的東西

みせ　ていばん

お店の定番

o mi se no te i ba n

店裡必點的

2 日本不管食衣住行，都有「期間限定」的產品，尤其是在「食物」更是多見。而最令人又愛又恨的是，標明期間限定的產品很大機率是期間過了，就真的再也不生產了。所以如果到日本，看到期間限定，請務必把握機會好好買一番！

順利溝通無法吃的食物

12-4

◆ 請聽以下會話，並跟著說說看。

吃素的紀明到了連鎖餐飲店。

紀明　これをください。
ko re o ku da sa i.

店員　はい。カレーラーメンでよろしいでしょうか。
ha i, ka re e ra a me n de yo ro shi i de syo u ka?

紀明　あ、すみません。肉（にく）が入（はい）っていますか。
a, su mi ma se n, ni ku ga ha i t te i ma su ka?

店員　はい、入（はい）っています。
ha i, ha i t te i ma su.

紀明　**すみません、ベジタリアンなので、肉（にく）は食（た）べられません**。肉抜（にくぬ）きでお願（ねが）いします。
su mi ma se n. be ji ta ri a n na no de, ni ku wa ta be ra re ma se n. ni ku nu ki de o ne ga i shi ma su.

●紀明想再點一些東西

紀明　**おすすめメニューは何（なん）ですか**。
o su su me me nyu u wa na n de su ka?

店員　ベジタリアンメニューでしたら、ベジタリアンカレーが人気（にんき）です。
be ji ta ri a n me nyu u de shi ta ra, be ji ta ri a n ka re e ga ni n ki de su.

紀明　じゃ、それをお願（ねが）いします。
jya, so re o o ne ga i shi ma su.

紀明　請給我這個。
店員　好的。咖哩拉麵就好了嗎？
紀明　啊，抱歉。裡面有放肉嗎？
店員　是，有放。
紀明　**不好意思，我是吃素的，沒辦法吃肉**。麻煩幫我拿掉肉。
紀明　**推薦菜單是什麼呢？**
店員　素食料理的話，素食咖哩很受歡迎。
紀明　那麼，請給我那個。

驗收 12 點餐

解答在 246 頁

A 請從選項中選出能填入空格的詞。

選項 **入(はい)っています ｜ 食(た)べられません ｜ でしたら ｜ なので**

① 裡面有放肉嗎？

肉(にく)が ＿＿＿＿ か。

② 我是吃素的，沒辦法吃肉。

ベジタリアン ＿＿＿＿ 、肉(にく)は ＿＿＿＿ 。

③ 素食的話，有素食咖哩。

ベジタリアンメニュー ＿＿＿＿ 、ベジタリアンカレーが人気(にんき)です。

B 請在選項中找出適當的表現，並完成下列句子。

選項 **お惣菜(そうざい) ｜ ピーナッツ ｜ 日替(ひが)わりランチ ｜ お店(みせ)の定番(ていばん)**

① 我不能吃花生。

＿＿＿＿ は食(た)べられません。

② 每日午餐是什麼呢？

＿＿＿＿ は何(なん)ですか。

③ 店裡必點的是什麼呢？

＿＿＿＿ は何(なん)ですか。

13 客訴 クレーム

◆ 請聽以下會話，並跟著說說看。

對話A

客人　このスープは温(ぬる)**すぎます。**

ko no su u pu wa nu ru su gi ma su.

這個湯太溫了。

店員　申(もう)し訳(わけ)ございません。すぐに作(つく)りなおしてまいります。

mo u shi wa ke go za i ma se n. su gu ni tsu ku ri na o shi te ma i ri ma su.

真不好意思，馬上幫您重做一份。

對話B

客人　この肉(にく)は噛(か)み切(き)り**にくいです。**

ko no ni ku wa ka mi ki ri ni ku i de su.

這個肉很難咬斷。

店員　申(もう)し訳(わけ)ございません。もう少(すこ)し火(ひ)を通(とお)してきます。

mo u shi wa ke go za i ma se n. mo u su ko shi hi o to o shi te ki ma su.

非常抱歉，我再幫您熱熱一點。

新出現的單字

スープ su u pu 湯

噛み切ります ka mi ki ri ma su 咬斷

句型 25 這個湯太溫了。

句型 26 這個肉很難咬斷。

句型25

形容詞去掉い、な + すぎます。 太過～

「すぎます」漢字為「過（す）ぎます」，是過頭、超過的意思。依照句型的規則變化，則可以表現超出普通狀況，例如「安（やす）すぎます」就是太過於便宜，已經超出普通狀況。另外，動詞也能使用，要「去掉ます + すぎました」，「すぎます」要用過去式的原因是因為某個行為如果還沒做，是不能知道它會不會超出普通狀況的，例如「飲（の）みすぎました。（喝太多了）」，如果還沒喝，那是不能預知會不會超過。

句型26

動詞ます形去掉ます + にくいです。 很難～

這個句型可以表示「難」和「易」，上述的句型是「難」，要表現「易」則是「動詞ます形去掉ます + やすいです」。這個句型表示某動作好做還是不好做，最常見的用法就是「この薬（くすり）は飲（の）み込（こ）みにくいです。（這個藥很難吞）」或是「この靴（くつ）は歩（ある）きやすいです（這個鞋子很好走）」。

日本服務業的貼心程度是出了名的好，店員會盡可能達到客人的要求，不過，如果要求太過頭，或是在他們規則以外的話，店員還是會堅定地回絕的。

太過熱了。

［　　］すぎます。

［　　］su gi ma su.

太過［　　］。

◆ 試試看在空格內套入各種單字。

静(しず)か（な）1

shi zu ka (na)

安靜

高(たか)（い）

ta ka (i)

貴

うるさ（い）

u ru sa (i)

吵

きれい（な）

ki re i (na)

漂亮

1 日本的住宅區一到夜晚是非常安靜的，雖然一般旅客住宿的地方大多在鬧區，不過如果有機會經過住宅區，最好要放低音量。就算只稍微吵鬧，在安靜的住宅區也會顯的刺耳，會打擾到住宅區的人們。

這個肉很難咬斷。

[　　]にくいです。

[　　] ni ku i de su.

很難[　　]。

◆ 試試看在空格內套入各種單字。

た
食べ（ます）[1]

ta be (ma su)

吃

よ
読み（ます）

yo mi (ma su)

閱讀

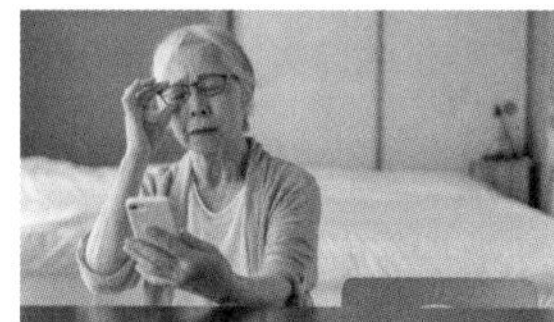

と
取り（ます）

to ri (ma su)

拿取

つか
使い（ます）

tsu ka i (ma su)

使用

1 日本學生們帶到學校的便當的內容，會影響到和同學之間的人際關係。所以日本媽媽們都絞盡腦汁做出可愛豐盛的便當。由於普通的料理廚具通常不適合用來做這類花俏的料理，日本媽媽還會買專門用來為料理增添風采的道具，才能有效率的做出可愛的便當，讓孩子帶去學校也不會丟臉。

向店家抱怨

◆ 請聽以下對話，並跟著說說看。

紀明　すみません。
su mi ma se n.

店員　ただいま参(まい)りますので、少々(しょう)お待(ま)ちください。
ta da i ma ma i ri ma su no de, syo u syo u o ma chi ku da sa i.

紀明　**このスープは温(ぬる)すぎます。**
ko no su u pu wa nu ru su gi ma su.

店員　申(もう)し訳(わけ)ございません。すぐに作(つく)りなおしてまいります。
mo u shi wa ke go za i ma se n, su gu ni tsu ku ri na o shi te ma i ri ma su.

紀明　あと、タバコの匂(にお)いがきつすぎます。禁煙席(きんえんせき)をお願(ねが)いします。
a to, ta ba ko no ni o i ga ki tsu su gi ma su, ki n e n se ki o o ne ga i shi ma su.

店員　かしこまりました。
ka shi ko ma ri ma shi ta.

●肉送上來了，太生導致不好咬斷

紀明　**この肉(にく)は噛(か)み切(き)りにくいです。**
ko no ni ku wa ka mi ki ri ni ku i de su.

店員　申(もう)し訳(わけ)ございません。もう少(すこ)し火(ひ)を通(とお)してきます。
mo u shi wa ke go za i ma se n, mo u su ko shi hi o to o shi te ki ma su.

紀明　お願(ねが)いします。
o ne ga i shi ma su.

紀明　不好意思。
店員　馬上過去，請稍等。
紀明　**這個湯太溫了。**
店員　真不好意思，馬上幫您重做一份。
紀明　還有，煙味很重，請給我禁菸座。
店員　了解了。
紀明　**這個肉很難咬斷。**
店員　非常抱歉，我再幫您熱熟一點。
紀明　麻煩你了。

驗收 13 客訴

解答在 246 頁

A 請從選項中選出能填入空格的詞。

選項　熱(あつ)すぎます｜噛(か)みやすい｜きつすぎます｜噛(か)み切(き)りにくい

① 這個湯太燙了。

このスープは ＿＿＿＿ 。

② 煙味很臭。

タバコの匂(にお)いは ＿＿＿＿ 。

③ 這個肉很難咬斷。

この肉(にく)は ＿＿＿＿ です。

B 請在選項中找出適當的詞，並將其變化成適當的型態來完成下列的句子。

選項　安(やす)い｜読(よ)みます｜使(つか)います｜高(たか)い

① 這個包包太貴了。

このかばんは ＿＿＿＿ すぎます。

② 因為字很小，很難讀。

字(じ)が小(ちい)さいから、 ＿＿＿＿ にくいです。

③ 因為很大，很難用。

大(おお)きいから、 ＿＿＿＿ にくいです。

14 預約 予約(よやく)

◆ 請聽以下會話，並跟著說說看。

對話A

客人　すみません、明日(あした)1時(いちじ)に席(せき)**を予約(よやく)したいんですが…。**

su mi ma se n, a shi ta i chi ji ni se ki o yo ya ku shi ta i n de su ga....

不好意思，我想訂明天1點的位子。

店員　はい、何名様(なんめいさま)でしょうか。

ha i, na n me i sa ma de syo u ka?

是，請問幾位呢？

對話B

客人　個室(こしつ)**はありますか。**

ko shi tsu wa a ri ma su ka?

你們有包廂嗎？

店員　はい、あります。

ha i, a ri ma su.

有的。

新出現的單字

明日(あした) a shi ta 明天

席(せき) se ki 座位

予約(よやく)します yo ya ku shi ma su 預約

個室(こしつ) ko shi tsu 包廂

句型 27 我想訂位。

句型 28 有包廂嗎？

句型27

想預約的東西 + を予約（よやく）したいです。 想要預約～

這個文法是表示「願望」，也就是想做某件事。如果是「予約（よやく）します」去「ます」+「たいです」就會是「想要」預約。「たい」後面加了「ん」可以表示強調，而在「です」之後加上「が」可以使口氣委婉，較為禮貌。但基本上，平常只要說「予約（よやく）したいです」就足夠了。

句型28

東西 + はありますか。 有～嗎？

「あります」是「有」的意思，加上終助詞「か」就會變成疑問，形成「ありますか（有嗎？）」。所以這句話可以用在詢問對方那邊有沒有這個東西。

日本有許多名店都是需要事先訂位的。旅遊景點的店家出現這樣的狀況也不少，建議要到當地享受美食前，要先做好功課唷。

我想訂位。

□を予約(よやく)したいです。

□ o yo ya ku shi ta i de su.

想要預約□。

◆ 試試看在空格內套入各種單字。

通路側(つうろがわ)の席(せき)

tsu u ro ga wa no se ki

靠走道座位

窓側(まどがわ)の席(せき)

ma do ga wa no se ki

靠窗座位

懐石(かいせき)コース

ka i se ki ko o su

懷石料理套餐

貸切風呂(かしきりふろ) 2

ka shi ki ri hu ro

私人澡堂、買斷的澡堂

2 隨著時代變遷，不想跟不認識的人共浴的日本人也開始增多，加上越來越多人開始重視泡湯的品質，不想被打擾，因此市場也漸漸出現可以包場的湯池，讓人可以單獨享受寧靜的泡湯樂趣，或是和親朋好友團聚。

有包廂嗎？

＿＿＿はありますか。

＿＿＿wa a ri ma su ka?

有＿＿＿嗎？

◆ 試試看在空格內套入各種單字。

コラーゲン

ko ra a ge n

膠原蛋白

ユーエスビーでんげん

USB電源アダプタ

yu u e su bi i de n ge n a da pu ta

USB 電源供應器

きんえん

禁煙ルーム 3

ki n e n ru u mu

禁菸房

きつえん

喫煙ルーム

ki tsu e n ru u mu

吸菸房

3 日本人對於味道非常的敏感，例如到燒肉店吃飯時有些人會攜帶除臭劑，吃完後除掉身上的味道再踏上歸途。有些燒肉店甚至備有除臭服務。香菸也一樣，飯店會依照樓層，將會吸菸和不會吸菸的客人分開，如果有這方面的需求，一定要跟飯店人員說。

和店家預約

◆ 請聽以下會話，並跟著說說看。

紀明　すみません、**明日(あした)1時(いちじ)に席(せき)を予約(よやく)したいんですが…。**
su mi ma se n, a shi ta i chi ji ni se ki o yo ya ku shi ta i n de su ga...

店員　はい、何名様(なんめいさま)でしょうか。
ha i, na n me i sa ma de syo u ka?

紀明　三人(さんにん)です。
sa n ni n de su.

店員　お名前(なまえ)をいただけますか。
o na ma e o i ta da ke ma su ka?

紀明　王紀明(おうきめい)です。王子(おうじ)の「王(おう)」です。
o u ki me i de su, o u ji no o u de su.

店員　王(おう)さんですね。
o u sa n de su ne.

紀明　はい。**あの、個室(こしつ)はありますか**。
ha i. a no, ko shi tsu wa a ri ma su ka?

店員　はい、あります。
ha i, a ri ma su.

紀明　では、個室(こしつ)でお願(ねが)いします。
de wa, ko shi tsu de o ne ga i shi ma su.

紀明　不好意思，**我想預約明天 1 點的位子。**
店員　是，請問幾位呢？
紀明　三位。
店員　可以問一下您的姓名嗎？
紀明　王紀明。王子的「王」。
店員　王先生對嗎。
紀明　是的。
紀明　是的。**那個，你們有包廂嗎？**
店員　有的。
紀明　那麼，請幫我訂包廂。

14 預約餐廳

解答在 247 頁

A 請從選項中選出能填入空格的詞。

選項　**いただけます｜何名様（なんめいさま）｜もう｜で**

① 可以問一下您的姓名嗎？

お名前（なまえ）を ＿＿＿＿ か。

② 請問幾位呢？

＿＿＿＿ でしょうか。

③ 請給我包廂。

個室（こしつ） ＿＿＿＿ お願（ねが）いします。

B 請在選項中找出適當的表現，並完成下列的句子。

選項　**窓側（まどがわ）の席（せき）｜懐石（かいせき）コース｜禁煙（きんえん）ルーム｜通路側（つうろがわ）の席（せき）**

① 我想預約靠窗座位。

＿＿＿＿ を予約（よやく）したいです。

② 我想預約懷石料理套餐。

＿＿＿＿ を予約（よやく）したいです。

③ 有禁菸房嗎？

＿＿＿＿ はありますか。

15 居酒屋 居酒屋（いざかや）

◆ 請聽以下會話，並跟著說說看。

對話 A

店員　ご注文（ちゅうもん）はお決（き）まりですか。
go chu u mo n wa o ki ma ri de su ka?
請問餐點決定了嗎？

客人　生（なま）ビールを二（ふた）つとジンジャエールを一（ひと）つください。
na ma bi i ru o hu ta tsu to ji n jya e e ru o hi to tsu ku da sa i.
請給我兩個生啤酒和一個薑汁汽水。

對話 B

客人　すみません、ラストオーダーは何時（なんじ）までですか。
su mi ma se n, ra su to o o da a wa na n ji ma de de su ka?
不好意思，最後點餐到幾點為止呢？

店員　11時（じゅういちじ）までです。
jyu u i chi ji ma de de su.
到 11 點為止。

新出現的單字

生（なま）ビール na ma bi i ru 生啤酒

ジンジャエール ji n jya e e ru 薑汁汽水

ラストオーダー ra su to o o da a 最後點餐

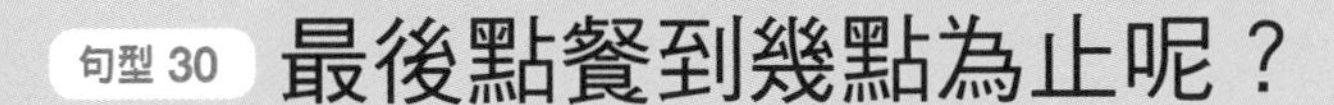

句型29 請給我一個薑汁汽水。

句型30 最後點餐到幾點為止呢？

15-1

句型29

東西 ＋ を一つください。 請給我一個～

點餐的時候一定要會講餐點的名稱和數量，請記得上面的文法。而數量的部分，在「02 機內服務」已經提過。而這邊要提的是，「東西＋をください」是請人給自己某東西，要表達需要的數量則在「を」後講數字。如果像會話中一次要表達兩項東西及兩種數量，則可用「と（和）」連接，「ください」則放在最後。

句型30

事情 ＋ は何時までですか。 ～到幾點為止呢？

「まで」有終點的意思，相對的起點則是「から」，這一組助詞可以用在地點或是時間上，例如「1 點到 3 點」日語可以說「1 時から 3 時までです。」，「從明治神宮到澀谷車站」可以說「明治神宮から渋谷駅までです」。對話中只是要問點餐的最後期限，只用一個「まで」即可，有「持續到～為止」的意思。

日本居酒屋有一種稱為「お通し（前菜）」的特殊文化，在上真正的料理前，店家會主動遞上前菜，讓客人等待時也有東西吃。但是因為需要付費，因此產生不少糾紛。所以如果居酒屋有明訂消費內包含「お通し」則不能取消，但沒有明訂的話，如果不需要，可以嘗試問問是否能撤下。

請給我一個薑汁汽水。

ひと

□ を一つください。

□ o hi to tsu ku da sa i.

請給我一個 □ 。

◆ 試試看在空格內套入各種單字。

いち や ぼ
一夜干し
i chi ya bo shi
一夜干

えだまめ
枝豆
e da ma me
毛豆

ひややっこ
冷奴 [3]
hi ya ya k ko
冷豆腐

ば さ
馬刺し
ba sa shi
生馬肉

3 冷豆腐也可稱為涼拌豆腐，是非常受歡迎的小菜。冷豆腐的配料、製法又有許多變化，每一家飲食店端出來的冷豆腐味道不一定會一樣，因此有些人會因為特定喜愛的冷豆腐而光顧特定的店家。

最後點餐到幾點為止呢？

［　　］は何時（なんじ）までですか。

［　　］wa na n ji ma de de su ka?

［　　］到幾點為止呢？

◆ 試試看在空格內套入各種單字。

朝食（ちょうしょく）の時間（じかん）

cho u syo ku no ji ka n

早餐時間

大浴場（だいよくじょう）の利用時間（りようじかん）[2]

da i yo ku jyo u no ri yo u ji ka n

大浴場使用時間

営業時間（えいぎょうじかん）

e i gyo u ji ka n

營業時間

仕事（しごと）

shi go to

工作

2 有些飯店會附設大浴場，通常也會提供可穿著在飯店內走動的簡易浴衣，讓客人不用攜帶太多衣物，更加輕便。這種浴衣在飯店內穿著走來走去也不會太沒禮貌。

晚上放鬆喝一杯的好去處

◆ 請聽以下會話，並跟著說說看。

紀明　すみません、お通（とお）しはいりません。
su mi ma se n, o to o shi wa i ri ma se n.

店員　はい、かしこまりました。ご注文（ちゅうもん）はお決（き）まりですか。
ha i, ka shi ko ma ri ma shi ta. go chu u mo n wa o ki ma ri de su ka?

紀明　**生（なま）ビールを二（ふた）つとジンジャエールを一（ひと）つください。**
na ma bi i ru o hu ta tsu to ji n jya e e ru o hi to tsu ku da sa i.

店員　何（なに）か他（ほか）にご注文（ちゅうもん）はありますか。
na ni ka ho ka ni go chu u mo n wa a ri ma su ka?

紀明　焼（や）き鳥（とり）を二本（にほん）ください。
ya ki to ri o ni ho n ku da sa i.

店員　以上（いじょう）でよろしいでしょうか。
i jyo u de yo ro shi i de syo u ka?

紀明　はい。すみません、**ラストオーダーは何時（なんじ）までですか。**
ha i, su mi ma se n, ra su to o o da a wa na n ji ma de de su ka?

店員　11時（じゅういちじ）までです。
jyu u i chi ji ma de de su.

紀明　不好意思，不需要前菜。
店員　是，了解了。請問餐點決定了嗎？
紀明　**請給我兩個生啤酒和一個薑汁汽水。**
店員　其他還要點什麼嗎？
紀明　請給我兩隻烤雞串。
店員　這樣就可以了嗎？
紀明　是。不好意思，**最後點餐到幾點為止呢？**
店員　到 11 點為止。

15 居酒屋

解答在 247 頁

A 請從選項中選出能填入空格的詞。

選項　ください｜と｜いりません｜を

① 不好意思，不需要前菜。

すみません、お通(とお)しは ＿＿＿＿ 。

② 請給我兩個生啤酒和一個薑汁汽水。

生(なま)ビールを二(ふた)つ ＿＿＿＿ ジンジャエールを一(ひと)つください。

③ 那請給我燉內臟和唐揚炸雞。

じゃ、もつ煮(に)と唐揚(からあ)げ ＿＿＿＿ お願(ねが)いします。

B 請在選項中找出適當的表現，並完成下列句子。

選項　朝食(ちょうしょく)の時間(じかん)｜枝豆(えだまめ)｜冷奴(ひややっこ)｜大浴場(だいよくじょう)の利用時間(りようじかん)

① 請給我一個冷豆腐。

＿＿＿＿ を一(ひと)つください。

② 早餐時間到幾點為止呢？

＿＿＿＿ は何時(なんじ)までですか。

③ 大浴場使用時間到幾點為止呢？

＿＿＿＿ は何時(なんじ)までですか。

16 咖啡廳 喫茶店(きっさてん)

◆ 請聽以下會話，並跟著說說看。

對話A

紀明　アイスコーヒーを一(ひと)つください。
a i su ko o hi i o hi to tsu ku da sa i.
請給我一杯冰咖啡。

店員　ミルクとお砂糖(さとう)はいりますか。
mi ru ku to o sa to u wa i ri ma su ka?
要奶球和糖嗎？

紀明　ミルク**だけお願(ねが)いします。**
mi ru ku da ke o ne ga i shi ma su.
只要奶球。

對話B

紀明　氷抜(こおりぬ)き**でお願(ねが)いします。**
ko o ri nu ki de o ne ga i shi ma su.
麻煩去冰。

店員　かしこまりました。
ka shi ko ma ri ma shi ta.
明白了。

新出現的單字

アイスコーヒー
a i su ko o hi i 冰咖啡

ミルク mi ru ku
牛奶（在咖啡廳裡通常指奶球）

お砂糖(さとう) o sa to u 砂糖

氷抜(こおりぬ)き ko o ri nu ki 去冰

句型 31 只要奶球。

句型 32 麻煩去冰。

句型31

東西 + だけお願(ねが)いします。 只要～

「だけ」是一種「限定」的概念，大多可翻譯成「只」，所以這裡表示除了說話者特別限定出來的「だけ」之前的物品以外，其他什麼都沒有。

句型32

要去掉的東西 + 抜(ぬ)きでお願(ねが)いします。 麻煩去～

上一單元學到請人給自己東西時，可講「東西＋（一(ひと)つ）をください」，所以想要冰塊可以說「氷(こおり)をください」。想要加得比較多的話，可以說：「氷多(こおりおお)めに入(い)れてください（請放入多點冰）」，相反地，如果要加得比較少，可以簡單說：「氷少(こおりすく)なめでお願(ねが)いします（冰請少點）」。

基本上日本不像台灣，外面買的飲料都能客製化，不過在咖啡廳通常可以要求店員幫自己的飲品做調整。不過能調整的大多是冰塊多寡，其餘的調整是非常少見的。

只要奶球。

□だけお願（ねが）いします。

□ da ke o ne ga i shi ma su.

只要□。

◆ 試試看在空格內套入各種單字。

ストロー
su to ro o
吸管

シロップ
shi ro p pu
糖漿

ソーダ
so o da
蘇打水

マドラー
ma do ra a
攪拌棒

日本昭和時代的喫茶店最經典的飲料就是「メロンクリームソーダ（哈密瓜口味蘇打汽水）」，且不單單只是汽水，上面會放一球香草冰淇淋，以及一顆櫻桃，所以如果只需要哈密瓜汽水而已，可用這一個文法。另外，這個飲品非常受歡迎，所以家庭餐廳也好，速食店也好，也經常有這樣的商品出現。

麻煩去冰。

□抜(ぬ)きでお願(ねが)いします。

□ nu ki de o ne ga i shi ma su.

麻煩去□。

◆ 試試看在空格內套入各種單字。

砂糖(さとう)

sa to u

砂糖

スプリンクル

su pu ri n ku ru

彩針糖、巧克力米

ケッチャプ

ke c cha pu

番茄醬

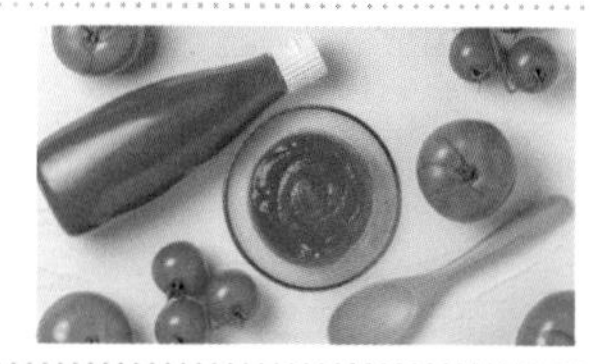

マヨネーズ 4

ma yo ne e zu

美乃滋

4 台灣用的沙拉醬可算是美乃滋的一種，但是沙拉醬的味道跟大多的日式美乃滋很不一樣。日式美乃滋大多只用蛋黃製作，而不是全蛋，不會太甜，如果想試試日式美乃滋的滋味，推薦到三明治的專門店嘗試看看台日風味的差異。

日本也是有客製化的服務

◆ 請聽以下會話，並跟著說說看。

紀明　アイスコーヒーを一(ひと)つください。
a i su ko o hi i o hi to tsu ku da sa i.

店員　ミルクとお砂糖(さとう)はいりますか。
mi ru ku to o sa to u wa i ri ma su ka?

紀明　**ミルクだけお願(ねが)いします。**
mi ru ku da ke o ne ga i shi ma su.

店員　以上(いじょう)でよろしいでしょうか。
jyo u de yo ro shi i de syo u ka?

紀明　あ、**氷抜(こおりぬ)きでお願(ねが)いします。**
a, ko o ri nu ki de o ne ga i shi ma su.

店員　かしこまりました。
ka shi ko ma ri ma shi ta .

●紀明覺得很好喝，於是叫住店員

紀明　すみません、コーヒーのおかわりをいただけますか。
su mi ma se n, ko o hi i no o ka wa ri o i ta da ke ma su ka?

店員　はい、カップをこちらにお願(ねが)いします。
ha i, ka p pu o ko chi ra ni o ne ga i shi ma su.

紀明　氷抜(こおりぬ)きでお願(ねが)いします。
ko o ri nu ki de o ne ga i shi ma su.

店員　かしこまりました。
ka shi ko ma ri ma shi ta.

紀明　請給我一杯冰咖啡。
店員　要奶球和糖嗎？
紀明　**只要奶球。**
店員　這樣就可以了嗎。
紀明　啊，**幫我去冰。**
店員　明白了。
紀明　不好意思，可以續咖啡嗎？
店員　可以，請將杯子放這。
紀明　麻煩去冰。
店員　明白了。

16 咖啡廳

解答在 248 頁

A 請從選項中選出能填入空格的詞。

選項　**だけ** | **こちらに** | **ください** | **おかわり**

① 請給我一杯冰咖啡。

アイスコーヒーを一(ひと)つ ＿＿＿＿。

② 只要奶球。

ミルク ＿＿＿＿ お願(ねが)いします。

③ 可以續咖啡嗎？

コーヒーの ＿＿＿＿ をいただけますか。

B 請在選項中找出適當的表現，並完成下列句子。

選項　**シロップ** | **スプリンクル** | **ケッチャプ** | **マヨネーズ**

① 只要糖漿。

＿＿＿＿ だけお願(ねが)いします。

② 麻煩去巧克力米。

＿＿＿＿ 抜(ぬ)きでお願(ねが)いします。

③ 麻煩去番茄醬。

＿＿＿＿ 抜(ぬ)きでお願(ねが)いします。

17 壽司店 寿司屋（すしや）

◆ 請聽以下會話，並跟著說說看。

對話A

紀明　すみません、ガリ**をもう少（すこ）しください。**
su mi ma se n, ga ri o mo u su ko shi ku da sa i.
不好意思，請再給我一點薑片。

職人　はい。
ha i.
好。

對話B

紀明　甘海老（あまえび）の握（にぎ）りをください。
a ma e bi no ni gi ri o ku da sa i.
請給我一個甜蝦的握壽司。

職人　はい。
ha i.
好。

紀明　わさび**は少（すく）なめにしてください。**
wa sa bi wa su ku na me ni shi te ku da sa i.
哇沙米請稍微做少一些。

新出現的單字

ガリ ga ri 薑片
甘海老 a ma e bi 甜蝦
わさび wa sa bi 哇沙米
少（すく）ない su ku na i 少

句型 33 請再給我一點薑片。

句型 34 哇沙米請稍微做少一些。

句型33

東西 + をもう少(すこ)しください。 請再給我一點～

「もう」是「再」、「更加」的意思，加上「少(すこ)し」表示程度是「一點點」，組合再一起就是「再一些」。這兩個詞組合成一起會變成一個副詞，而副詞後面通常修飾動詞或形容詞，表示做某事要「再增多一些」。

句型34

東西 + は + 程度 + にしてください。

～請稍微做～一些。

「め」表示「稍微～比較～」，「イ形容詞」（字尾有「い」的形容詞）為例，去「い」加上「め」就可以表示這樣的概念。例如「大(おお)きめ」就是「稍微大一些」。另外後接「にしてください」則是請對方這樣做的意思。

請壽司師傅當場製作的壽司雖然價格較高，但可以享受到日本精緻的海產生吃文化，不妨多花點錢吃一次，體驗看看。另外，部分壽司店的壽司會一開始就附上哇沙米，若不喜歡哇沙米的刺鼻辣味，可以請壽司師傅給少一點，或是使用第16單元的句型32請他將哇沙米去掉。

請再給我一點薑片。

［　　］をもう少(すこ)しください。

 o mo u su ko shi ku da sa i.

請再給我一點［　　］。

◆ 試試看在空格內套入各種單字。

塩(しお)
shi o
鹽巴

醤油(しょうゆ)
syo u yu
醬油

たれ
ta re
醬汁

ネギ
ne gi
蔥

例如鮭魚卵、蒸煮章魚等下酒菜都會先加入醬汁再提供客人享用，雖然可以要求調整醬汁多寡，味噌湯也可以要求改變蔥花的量，不過在高級的壽司店，建議信任壽司師傅的專業，一切交給他調理就好。

句型34
練習

哇沙米請稍微做少一些。

17-3

＿＿＿は＿＿＿にしてください。

＿＿＿ wa ＿＿＿ ni shi te ku da sa i.

＿＿＿請稍微做＿＿＿一些。

◆ 試試看在空格內套入各種單字。

しお　おお
塩/多め
shi o/o o me
鹽巴/偏多

しょうゆ　すく
醤油/少なめ
syo u yu/su ku na me
醬油/偏少

あま
たれ/甘め
ta re/a ma me
醬汁/偏甜

ほそ
ネギ/細め
ne gi/ho so me
蔥/偏細

專業壽司職人做出的壽司都是經過各方向精心調配的，因此如果想要請職人現場為自己專製酸度、甜度等，基本上是會被回絕的，且也是對職人專業的不尊重。所以在溝通時，不妨以提供感受的方式告知，但不建議做「要求」。

享受職人為你訂做的美味

◆ 請聽以下會話，並跟著說說看。

職人 いらっしゃいませ。
i ra s sya i ma se.

紀明 サーモンの握(にぎ)りを一(ひと)つください。
sa a mo n no ni gi ri o hi to tsu ku da sa i.

職人 はい。
ha i.

紀明 すみません、**ガリをもう少(すこ)しください**。
su mi ma se n, ga ri o mo u su ko shi ku da sa i.

職人 はい。
ha i.

●非常美味，再點一些

紀明 甘海老(あまえび)の握(にぎ)りをください。
a ma e bi no ni gi ri o ku da sa i.

職人 はい。
ha i.

紀明 **わさびは少(すく)なめにしてください。**
wa sa bi wa su ko na me ni shi te ku da sa i.

職人 かしこまりました。
ka shi ko ma ri ma shi ta.

職人 歡迎光臨。
紀明 請給我一個鮭魚的握壽司。
職人 好。
紀明 不好意思，**請再給我一點薑片。**
職人 好。
紀明 請給我甜蝦的握壽司。
職人 好。
紀明 **哇沙米請稍微做少一些。**
職人 明白了。

17 壽司店

解答在 248 頁

A 請從選項中選出能填入空格的詞。

選項　に｜してください｜を｜ください

① 請再給我一點薑片。

ガリをもう少し（すこ）［　　　］。

② 請給我一個鮭魚的握壽司。

サーモンの握り（にぎ）［　　　］一（ひと）つください。

③ 哇沙米請稍微做少一些。

わさびは少（すく）なめに［　　　］。

B 請在選項中找出適當的表現，並完成下列句子。

選項　醤油（しょうゆ）｜甘（あま）め｜塩（しお）｜少（すく）なめ｜ネギ｜たれ

① 請再給我一點鹽巴。

［　　　］をもう少（すこ）しください。

② 醬油請稍微做少一些。

［　　　］は［　　　］にしてください。

③ 醬汁請稍微做甜一些。

［　　　］は［　　　］にしてください。

18 拉麵店 ラーメン屋（や）

◆ 請聽以下會話，並跟著說說看。

對話A

とんこつ　　　　　ひと

客人　豚骨ラーメンを一つください。

to n ko tsu ra a me n o hi to tsu ku da sa i.

請給我一碗豚骨拉麵。

こ

店員　濃さはどうしますか。

ko sa wa do u shi ma su ka?

湯的濃度要怎麼的？

ふ つう

客人　**普通でいいです。**

hu tsu u de i i de su.

普通的就可以了。

對話B

か　だま　　むりょう

客人　**替え玉は無料ですか。**

ka e da ma wa mu ryo u de su ka?

加麵是免費的嗎？

むりょう

店員　はい、無料です。

ha i, mu ryo u de su.

是，是免費的。

新出現的單字

豚骨（とんこつ）ラーメン to n ko tsu ra a me n 豚骨拉麵

濃（こ）さ ko sa 濃度

普通（ふつう） hu tsu u 普通

替（か）え玉（だま） ka e da ma 加麵

句型 35 普通的就可以了。

句型 36 加麵是免費的嗎？

句型35

東西、選項 + でいいです。 ～就可以了。

「～でいい」表示對前面的事項覺得足夠，不過面對不同的人，這個句型會有不同的感受，例如會話中這樣較疏遠的關係，會表示客氣、不用費心的態度，「普通的就足夠了，不用幫我再調整」。但如果在親密的對象，反而有妥協的感覺，「隨便啦，普通的就好了」的感覺喔。所以請務必小心使用。

句型36

東西 + は無料（むりょう）ですか。 ～是免費的嗎？

日語中最基本的句型就是「A は B です」，也就是「A 是 B」的意思，之後再加上一個「か」，就能將句子改成疑問句。「A」套入加麵，「B」套入免費，加上疑問的「か」，就成為「加麵是免費的嗎？」。再舉例，如果要問「飲料」是「付費」的嗎？那就可以說「飲（の）み物（もの）は有料（ゆうりょう）ですか」，以此類推。

日本拉麵湯頭都非常的油膩、鹽分也很多，所以日本人大多吃麵不喝湯，吃不夠的時候可以請店家幫忙直接加麵到剩下的湯裡。不過要注意要先知道加麵是否免費喔。

普通的就可以了。

□でいいです。

□de i i de su.

□就可以了。

◆ 試試看在空格內套入各種單字。

麦茶（むぎちゃ）1

mu gi cha

麥茶

一つ（ひとつ）

hi to tsu

一個

少し（すこし）

su ko shi

一點點

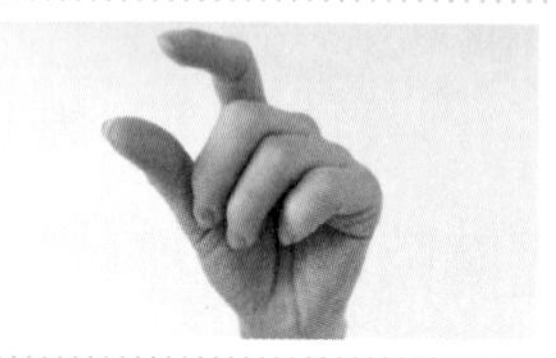

ここ

ko ko

這裡

1 日本的店家招待客人時，在接受點餐之前通常就會附上一杯水、綠茶或是麥茶，夏天的時候還會附上冰塊。雖然日本人喝了這杯後通常還是會照樣點飲料，但也是有只喝免費茶水就足夠的人在。

加麵是免費的嗎？

＿＿＿は無料（むりょう）ですか。

＿＿＿ wa mu ryo u de su ka?

＿＿＿是免費的嗎？

◆ 試試看在空格內套入各種單字。

おかず

o ka zu

配菜

CD（シーディー）

shi i dhi i

CD

写真（しゃしん） 3

sya shi n

照片

レジ袋（ぶくろ）

re ji bu ku ro

購物袋

3 日本東京鐵塔或是晴空塔，都有幫遊客拍照的服務，通常沖洗出來都是要付費的，而其他景點如果有這項服務，不妨用這個句型問問是否也須付費。另外，日本在 2022 年秋天，已經將購物袋改為付費提供，附近也有販賣機販售可愛的購物袋，也許能順便當蒐藏。

日本道地的平民美食

◆ 請聽以下會話，並跟著說說看。

肚子餓了，但沒有特別想要吃什麼，在路邊看到拉麵店。

紀明　豚骨(とんこつ)ラーメンを一(ひと)つください。
to n ko tsu ra a me n o hi to tsu ku da sa i.

店員　メンの硬(かた)さは？
me n no ka ta sa wa?

紀明　柔(やわ)らかめでお願(ねが)いします。
ya wa ra ka me de o ne ga i shi ma su.

店員　濃(こ)さはどうしますか？
ko sa wa do u shi ma su ka?

紀明　**普通(ふつう)でいいです。**
hu tsu u de i i de su.

●湯頭濃郁美味，拉麵好吃到想再吃多一點

紀明　替(か)え玉(だま)をもらえますか。
ka e da ma o mo ra e ma su ka?

店員　はい、少々(しょうしょう)お待(ま)ちください。
ha i, syo u syo u o ma chi ku da sa i.

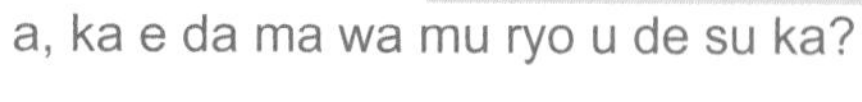

紀明　あ、**替(か)え玉(だま)は無料(むりょう)ですか。**
a, ka e da ma wa mu ryo u de su ka?

店員　はい、無料(むりょう)です。
ha i, mu ryo u de su.

紀明　じゃ、お願(ねが)いします。
jya, o ne ga i shi ma su.

紀明　請給我一碗豚骨拉麵。
店員　請問拉麵的硬度呢？
紀明　麻煩軟一點。
店員　湯的濃度要怎麼的？
紀明　**普通的就可以了。**
紀明　我能加麵嗎？
店員　好的，請稍候。
紀明　啊，**加麵是免費的嗎？**
店員　是，是免費的。
紀明　那麼麻煩你了

18 拉麵店

解答在 248 頁

A 請從選項中選出能填入空格的詞。

選項	ください	もらえます	で	は

① 請給我一碗豚骨拉麵。

豚骨(とんこつ)ラーメンを一(ひと)つ ＿＿＿＿。

② 普通的就可以了。

普通(ふつう) ＿＿＿＿ いいです。

③ 我能加麵嗎？

替(か)え玉(だま)を ＿＿＿＿ か。

B 請在選項中找出適當的表現，並完成下列的句子。

選項	写真(しゃしん)	レジ袋(ぶくろ)	ここ	少(すこ)し

① 一點點就可以了。

＿＿＿＿ でいいです。

② 照片是免費的嗎？

＿＿＿＿ は無料(むりょう)ですか。

③ 購物袋是免費的嗎？

＿＿＿＿ は無料(むりょう)ですか。

日本常見的料理種類

わしょく
和食

wa syo ku

日本料理

日本人最愛吃的自然就是日本料理，壽司、生魚片、蕎麥麵等都屬於此類。日式料理的家庭料理包括唐揚炸雞、馬鈴薯燉肉、天婦羅等，各種的蓋飯也算是日式料理。

ちゅうかりょうり
中華料理

chu u ka ryo u ri

中華料理

大家都知道的中華料理。最常見的是炒飯、麻婆豆腐、肉包子等。拉麵雖然已經在日本在地化，但種類還是屬於中華料理。日本的居酒屋大多可以看到餃子，不過在日本，餃子是指煎餃，而且對日本人來說餃子是可以配飯或配酒的配菜，不一定是主食。

ようしょく
洋食

yo u syo ku

西洋料理

雖說是西洋料理，在日本常見的大多是經過日本在地化，符合日本人口味的料理。三大已經完全融入日本生活的西洋料理是咖哩飯、炸豬排、可樂餅。義大利麵、漢堡排、蛋包飯在日本也很常見，許多家庭都會自己做。

購物時

19 伴手禮

20 藥妝店

21 電器用品店

22 退貨與換貨

23 市場

19 伴手禮 お土産（みやげ）

◆ 請聽以下會話，並跟著說說看。

對話A

店員　何（なに）かお探（さが）しですか。
na ni ka o sa ga shi de su ka?
請問您在找什麼呢？

客人　**友達（ともだち）への**お土産（みやげ）**です。**
to mo da chi e no o mi ya ge de su.
要給朋友的伴手禮。

對話B

店員　ギフト用（よう）にお包（つつ）みいたしましょうか。
gi hu to yo u ni o tsu tsu mi i ta shi ma syo u ka?
要幫您包成禮物嗎？

客人　ラッピング**は要（い）りません。**
ra p pi n gu wa i ri ma se n.
不需要包裝。

新出現的單字

探（さが）します sa ga shi ma su 尋找
友達（ともだち） to mo da chi 朋友
お土産（みやげ） o mi ya ge 伴手禮
ギフト用（よう） gi hu to yo u 禮物用
包（つつ）みます tsu tsu mi ma su 包
ラッピング ra p pi n gu 包裝

句型 37 要給朋友的伴手禮。

句型 38 不需要包裝。

句型37

對象 + への + 東西 + です。 給～的～。

「へ」表示單向的對象，也就是單向給朋友。而「へ」和「の」兩者助詞可同時併用，加上屬於的「の」，就成為了「給～的～」意思。

句型38

東西 + は要(い)りません。 不需要～。

「要(い)ります」這個動詞是「需要」的意思，而否定型態，也就是將「ます」改成「ません」，就會成為「不需要」。不過通常這個字較為直接，如果想要再客氣一點，可以用「東西＋は大丈夫(だいじょうぶ)です」。

去日本，當然不能忘記帶回當地的伴手禮回來發給親朋好友了。日本各地的旅遊勝地基本上都會有設計給觀光客的紀念品，像是可以擺上幾個禮拜的食物禮盒。舉例來說，北海道戀人、東京芭娜娜都是很受歡迎的伴手禮。

要給朋友的伴手禮。

□への□です。

□e no □de su.

給□的□。

◆ 試試看在空格內套入各種單字。

母（はは）/シップ

ha ha/shi p pu

媽媽/痠痛貼布

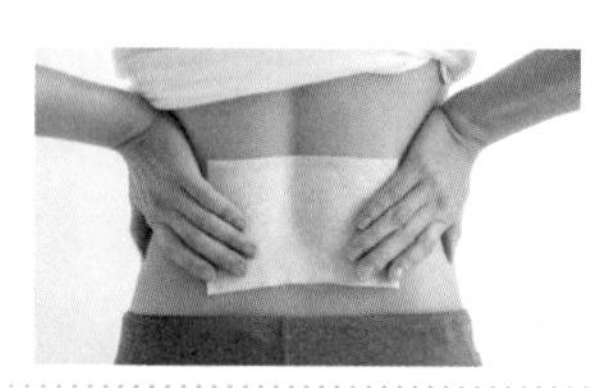

父（ちち）/ふりかけ

chi chi/hu ri ka ke

爸爸/香鬆

姪（めい）/飴（あめ）

me i/a me

姪子/糖果

姉（あね）/桜餅（さくらもち）

a ne/sa ku ra mo chi

姐姐/櫻餅

日本觀光地區、百貨公司都有伴手禮店，觀光地區大多是給旅客購買，不過百貨公司的客群，也針對許多到外地出差或回家鄉順手帶上的日本人而開的，每個縣市都特色名產，且都提供非常完整的包裝，而機場更有完整的包裝好的產品，所以買非伴手禮取向的商品，較有機會主動要求要包裝或禮袋。

不需要包裝。

［　　］は要(い)りません。

［　　］wa i ri ma se n.

不需要［　　］。

◆ 試試看在空格內套入各種單字。

レシート
re shi i to
收據

割(わ)り箸(ばし)
wa ri ba shi
衛生筷

玉(たま)ねぎ
ta ma ne gi
洋蔥

人参(にんじん)
ni n ji n
紅蘿蔔

日本的收據只是購物的明細，沒有抽獎一類的附加價值，因此日本人也經常跟店員說不需要收據，減少處理垃圾的負擔。

對話 貼心的包裝文化

店員　何か(なに)お探し(さが)ですか。
na ni ka o sa ga shi de su ka?

紀明　**友達(ともだち)へのお土産(みやげ)です。**
to mo da chi e no o mi ya ge de su.

店員　こちらは当店(とうてん)オリジナル商品(しょうひん)でございます。いかがでしょうか。
ko chi ra wa to u te n o ri ji na ru syo u hi n de go za i ma su. i ka ga de syo u ka?

紀明　いいですね。じゃ、これをください。
i i de su ne. jya, ko re o ku da sa i.

店員　こちらは贈(おく)り物(もの)でしょうか。それともご自宅用(じたくよう)でしょうか。
ko chi ra wa o ku ri mo no de syo u ka? so re to mo go ji ta ku yo u de syo u ka?

紀明　贈(おく)り物(もの)です。
o ku ri mo no de su.

店員　ギフト用(よう)にお包(つつ)みいたしましょうか。
gi hu to yo u ni o tsu tsu mi i ta shi ma syo u ka?

紀明　**ラッピングは要(い)りません。**
ra p pi n gu wa i ri ma se n.

店員　お渡(わた)し用(よう)の袋(ふくろ)はご利用(りよう)になりますか。
o wa ta shi yo u no hu ku ro wa go ri yo u ni na ri ma su ka?

紀明　お願(ねが)いします。
o ne ga i shi ma su.

店員　請問您在找什麼呢？
紀明　**要給朋友的伴手禮。**
店員　這是本店的獨創商品。如何呢？
紀明　不錯耶。那麼，請給我這個。
店員　這是送人的，還是自用的呢？
紀明　送人的。
店員　要幫您包成禮物嗎？
紀明　**不需要包裝。**
店員　那要用禮袋嗎？
紀明　麻煩你了。

19 伴手禮

解答在 249 頁

A 請從選項中選出能填入空格的單字。

選項 を | へ | は | で

① 給朋友的伴手禮。

友達(ともだち) ＿＿ のお土産(みやげ)です。

② 那麼，請給我這個。

じゃ、これ ＿＿ ください。

③ 不需要包裝。

ラッピング ＿＿ 要(い)りません。

B 請在選項中找出適當的表現，並完成下列句子。

選項 シップ | ふりかけ | 父(ちち) | 母(はは) | レシート

① 給媽媽的酸痛貼布。

＿＿ への ＿＿ です。

② 給爸爸的香鬆。

＿＿ への ＿＿ です。

③ 不需要收據。

＿＿ は要(い)りません。

20 藥妝店 ドラッグストア

◆ 請聽以下會話，並跟著說說看。

對話A

客人 すみません、コラーゲンを**探**(さが)**していますが…。**
su mi ma se n, ko ra a ge n o sa ga shi te i ma su ga....
不好意思，我正在找膠原蛋白…。

店員 コラーゲンですね。あちらです。こちらへどうぞ。
ko ra a ge n de su ne, a chi ra de su, ko chi ra e do u zo.
膠原蛋白嗎？在那邊。請往這裡走。

對話B

店員 このフェイスパックもどうですか。肌(はだ)にいいですよ。
ha i. ko no fe i su pa k ku mo do u de su ka? ha da ni i i de su yo.
這個面膜也如何呢？對皮膚很好唷。

客人 **妻**(つま)**は**フェイスパック**があまり好**(す)**きじゃないです。**
tsu ma wa fe i su pa k ku ga a ma ri su ki jya na i de su.
我太太不太喜歡面膜。

新出現的單字

コラーゲン ko ra a ge n 膠原蛋白
探(さが)**します** sa ga shi ma su 尋找
フェイスパックfe i su pa k ku 面膜
肌(はだ) ha da 肌膚、皮膚
妻(つま) tsu ma （我的）太太
あまり a ma ri 不太
好(す)**き** su ki 喜歡

句型 39 我正在找膠原蛋白…。
句型 40 我太太不太喜歡面膜。

20-1

句型39

東西 + を探(さが)しています。 我正在找～。

「探(さが)します」是尋找的意思，將它變成「て形」型態加上「います」表示現在「正在」做這件事。而會話當中在句尾安插「が」，能表示出口氣緩和下來，會比較客氣點。

句型40

人物 + は + 東西 + があまり好(す)きじゃないです。
不太喜歡～。

「好(す)きです」是喜歡的意思，而「好(す)きじゃないです」是不太喜歡的意思。中間的「あまり」是副詞，表示程度。「あまり」是「不太…」的意思，後面必須是否定表現，所以在此接的是「好(す)きじゃないです」。前面的人物可以放我、他、人名和各種稱呼。放「你」也不是不行，但當著對方的面用肯定句敘述對方的情報感覺很奇怪，所以最後面需要加上「ね」一類的終助詞，來把句子的口氣改成向對方「確認」，才能自然。

台灣人跟團到日本旅遊必被帶去之地就是藥妝店，日本的藥妝店產品琳瑯滿目，每一陣子都流行購買不同的東西，不過在藥品部分，建議還是詢問藥師，畢竟法規上台日是不相同的唷。

我正在找膠原蛋白…。

□ を探(さが)しています。

□ o sa ga shi te i ma su.

我正在找 □ 。

◆ 試試看在空格內套入各種單字。

目薬(めぐすり)

me gu su ri

眼藥水

咳止(せきど)め

se ki do me

止咳

胃腸薬(いちょうやく)

i cho u ya ku

腸胃藥

ルテイン

ru te i n

葉黃素

有時藥妝店會陳列商品的空盒在架上，是為了避免熱門或高單價商品被竊，所以如果有看到此類的單字，請拿空盒到櫃檯，直接跟櫃檯指定要的數量，然後結帳即可。

我太太不太喜歡面膜。

＿＿＿は＿＿＿があまり好(す)きじゃないです。

＿＿＿ wa ＿＿＿ ga a ma ri su ki jya na i de su.

＿＿＿不太喜歡＿＿＿。

◆ 試試看在空格內套入各種單字。

わたし
私/メイク 1

wa ta shi/me i ku

我/化妝

はは
母/リップクリーム

ha ha/ri p pu ku ri i mu

（自己的）母親/護唇膏

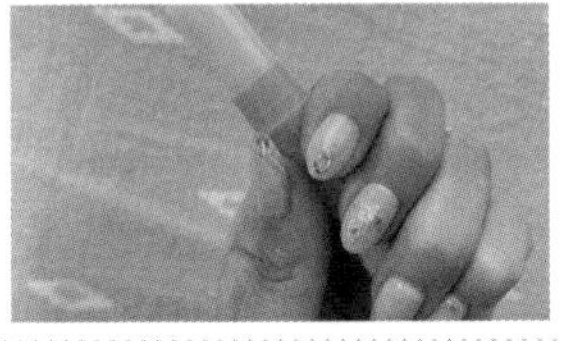

かのじょ　ひ　や　ど
彼女/日焼け止め

ka no jyo/hi ya ke do me

女朋友/防曬乳

いもうと
妹/リンス

i mo u to/ri n su

妹妹/潤髮乳

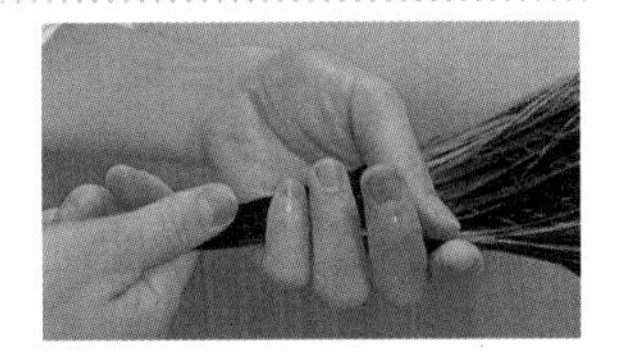

1 日本文化中將化妝視為一種禮節，因此日本女性只要外出，不管路程多短，都會化妝出門。不過，日本女性顯少化濃妝，而是以淡妝為主。就算討厭化妝文化，在日本的時候最好還是入境隨俗，養成出門前先化淡妝的習慣。

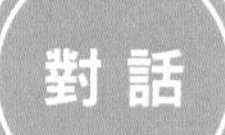

對話 旅客到日本必去之地

◆ 請聽以下會話，並跟著說說看。

紀明　すみません、**コラーゲンを探(さが)していますが…**。
su mi ma se n, ko ra a ge n o sa ga shi te i ma su ga....

店員　コラーゲンですね。あちらです。こちらへどうぞ。
ko ra a ge n de su ne, a chi ra de su, ko chi ra he do u zo.

紀明　色々(いろいろ)ありますね。どれがいいでしょうか。
i ro i ro a ri ma su ne. do re ga i i de syo u ka?

店員　この10(じゅう)パック入(い)りがおすすめです。
ko no jyu u pa k ku i ri ga o su su me de su.

紀明　じゃ、これをください。
jya, ko re o ku da sa i.

店員　はい。このフェスパックもどうですか。肌(はだ)にいいですよ。
ha i. ko no fe i su pa k ku mo do u de su ka? ha da ni i i de su yo.

紀明　**妻(つま)はフェスパックがあまり好(す)きじゃないです**。
コラーゲンだけでいいです。
tsu ma wa fe i su pa k ku ga a ma ri su ki jya na i de su.ko ra a ge n da ke de i i de su.

店員　かしこまりました。
ka shi ko ma ri ma shi ta.

紀明　不好意思，**我正在找膠原蛋白…**。
店員　膠原蛋白嗎？在那邊。請往這裡走。
紀明　有各式各樣的呢？哪一個好呢？
店員　我推薦這個 10 包一盒的。
紀明　那，請給我這個。
店員　是，這個面膜也如何呢？對皮膚很好唷。
紀明　**我太太不太喜歡面膜**。只要膠原蛋白就好。
店員　明白了。

20 藥妝店

解答在 249 頁

A 請從選項中選出能填入空格的詞。

選項　**あまり | だけ | が | は**

① 不好意思，我正在找膠原蛋白…。

すみません、コラーゲンを探(さが)しています ＿＿ …。

② 我太太不太喜歡面膜。

妻(つま)はフェスパックが ＿＿ 好(す)きじゃないです。

③ 只要膠原蛋白就好。

コラーゲン ＿＿ でいいです。

B 請在選項中找出適當的表現，並完成下列句子。

選項　**胃腸薬(いちょうやく) | ルテイン | 目薬(めぐすり) | リンス | リップクリーム**

① 我正在找眼藥水。

＿＿ を探(さが)しています。

② 我正在找腸胃藥。

＿＿ を探(さが)していますが。

③ 我太太不太喜歡護唇膏。

妻(つま)は ＿＿ があまり好(す)きじゃないです。

21 電器用品店 家電量販店（かでんりょうはんてん）

◆ 請聽以下會話，並跟著說說看。

對話 A

客人 **人気（にんき）のある**スチームオーブンレンジ**はどれですか。**
ni n ki no a ru su chi i mu o o bu n re n ji wa do re de su ka?
受歡迎的水波爐是哪一個呢？

店員 こちらです。最新（さいしん）の機種（きしゅ）でございます。
ko chi ra de su. sa i shi n no ki syu de go za i ma su.
這一個。是最新的機種。

對話 B

店員 スチームオーブンレンジは空港（くうこう）まで配送（はいそう）いたしますか。
su chi i mu o o bu n re n ji wa ku u ko u ma de ha i so u i ta shi ma su ka?
水波爐要寄到機場嗎？

客人 はい、空港（くうこう）**まで送（おく）ってほしいです。**
ha i. ku u ko u ma de o ku t te ho shi i de su.
是，我想要寄到機場。

新出現的單字

人気（にんき） ni n ki 受歡迎、人氣
スチームオーブンレンジ su chi i mu o o bu n re n ji 水波爐
どれ do re 哪一個
最新（さいしん） sa i shi n 最新
機種（きしゅ） ki syu 機種
空港（くうこう） ku u ko u 機場

句型 41 受歡迎的水波爐是哪一個呢？

句型 42 我想要寄到機場。

句型41

人気（にんき）のある + 東西 + はどれですか。

受歡迎的～是哪一個呢？

「～のある」是「有～」的意思，因此加上句中的「人気（にんき）」就能表示「受歡迎」。而「どれ」是指「哪一個」，不過要小心的是，中文的「哪一個」在日文有分兩種，如果眼前的東西只有兩個選一個，則要用「どちら」才行，三個以上選一個，才會用「どれ」來問。因此我們也可以推測，句中的客人眼前一定有超過兩個水波爐。

句型42

地點 + まで送（おく）ってほしいです。 我想要寄到～。

先前篇章有提到「まで」是「終點」的意思，在這邊也是同樣的用法，表示東西「抵達」機場「為止」。而動詞「送（おく）ります」改成「て形」會是「送（おく）って」，其後加「ほしい」則可以表示希望對方能幫忙做某事。動詞改成「て形」的方式有其規則，要使用前可先參考下表，準備好再講。

漢字後的第一個字	て形	例
い、ち、り	って	送（おく）ります→送（おく）って（送）
き（ぎ）	いて（いで）	描（か）きます→描（か）いて（畫）
に、び、み	んで	読（よ）みます→読（よ）んで（讀）
し	して	指（さ）します→指（さ）して（指）
特殊		行（い）きます→行（い）って（去）

受歡迎的水波爐是哪一個呢？

人気（にんき）のある ＿＿＿ はどれですか。

ni n ki no a ru ＿＿＿ wa do re de su ka?

受歡迎的 ＿＿＿ 是哪一個呢？

◆ 試試看在空格內套入各種單字。

炊飯器（すいはんき）
su i ha n ki
電鍋

掃除機（そうじき）
so u ji ki
吸塵器

空気清浄機（くうきせいじょうき）
ku u ki se i jyo u ki
空氣清淨機

トースター
to o su ta a
烤土司機

日本電鍋號稱能夠煮出非常香的米飯，而且還有多重功能，所以對外國旅客來說非常吸引人，不過相反地，也有日本人非常喜愛台灣的大同電鍋。大同電鍋在日本也有在賣，甚至還有出周邊商品呢。

我想要寄到機場。

【　　】まで送（おく）ってほしいです。

【　　】ma de o ku t te ho shi i de su.

我想要寄到【　　】。

◆ 試試看在空格內套入各種單字。

ホテル [1]
ho te ru
飯店

次（つぎ）のホテル
tsu gi no ho te ru
下一個飯店

イベントの会場（かいじょう）
i be n to no ka i jyo u
活動會場

台湾（たいわん）
ta i wa n
台灣

1 有些日本的東西只能在網路上買，又不能送到海外，因此會有遊客先在台灣下訂，請預計入住的飯店代收。飯店通常都會有這個服務，但因為許多遊客濫用，導致飯店感到困擾，建議收發包裹僅限一至二個就可。要記得到了日本，也要遵守當地特有的「不能給人帶來困擾」的文化喔。

令人目不轉睛的日本家電

◆ 請聽以下會話，並跟著說說看。

店員　いらっしゃいませ。
i ra s sya i ma se.

紀明　**人気**(にんき)**のある**スチームオーブンレンジ**はどれですか**。
ni n ki no a ru su chi i mu o o bu n re n ji wa do re de su ka?

店員　こちらです。最新(さいしん)の機種(きしゅ)でございます。
ko chi ra de su. sa i shi n no ki syu de go za i ma su.

紀明　いいですね。ちょっと考(かんが)えさせてください。
i i de su ne. cho t to ka n ga e sa se te ku da sa i.

店員　コンパクトで、持(も)ち運(はこ)びにも便利(べんり)です。海外(かいがい)のお客様(きゃくさま)に人気(にんき)です。
ko n pa ku to de, mo chi ha ko bi ni mo be n ri de su. ka i ga i no o kya ku sa ma ni ni n ki de su.

紀明　そうですね。お願(ねが)いします。
so u de su ne, o ne ga i shi ma su.

店員　スチームオーブンレンジは空港(くうこう)まで配送(はいそう)いたしますか。
su chi i mu o o bu n re n ji wa ku u ko u ma de ha i so u i ta shi ma su ka?

紀明　はい、**空港**(くうこう)**まで送**(おく)**ってほしいです**。
ha i, ku u ko u ma de o ku t te ho shi i de su.

店員　歡迎光臨。
紀明　**受歡迎的水波爐是哪一個呢？**
店員　這一個。是最新的機種。
紀明　不錯耶。讓我稍微考慮看看。
店員　這個又小型，又方便運送。對海外的客人來說，很受歡迎唷。
紀明　是耶。麻煩你了。
店員　水波爐要寄到機場嗎？
紀明　是，**我想要寄到機場。**

21 電器用品

解答在 250 頁

A 請從選項中選出能填入空格的單字。

選項 **まで | どちら | の | てください**

① 受歡迎的水波爐是哪一個呢？

人気（にんき）＿＿＿＿ あるスチームオーブンレンジはどれですか。

② 讓我稍微考慮看看。

ちょっと考（かんが）えさせ＿＿＿＿。

③ 我想要寄到機場。

空港（くうこう）＿＿＿＿ 送（おく）ってほしいです。

B 請在選項中找出適當的表現，並完成下列句子。

選項 **炊飯器（すいはんき） | 掃除機（そうじき） | ホテル | トースター**

① 受歡迎的電鍋是哪一個呢？

人気（にんき）のある ＿＿＿＿ はどれですか。

② 受歡迎的吸塵器是哪一個呢？

人気（にんき）のある ＿＿＿＿ はどれですか。

③ 我想要寄到飯店。

＿＿＿＿ まで送（おく）ってほしいです。

22 退貨與換貨 返品と交換

◆ 請聽以下會話，並跟著說說看。

對話A

紀明　すみません。サイズが合わないので、返品したいです。
su mi ma se n. sa i zu ga a wa na i no de, he n pi n shi ta i de su.
不好意思，因為尺寸不合，我想退貨。

店員　レシートはありますか。
re shi i to wa a ri ma su ka?
有收據嗎？

對話B

店員　申し訳ございませんが。セール商品は返品できないんです。
mo u shi wa ke go za i ma se n ga. se e ru syo u hi n wa he n pi n de ki na i n de su.
十分抱歉。特價品沒辦法退貨。

紀明　ほかのものと交換してもいいですか。
ho ka no mo no to ko u ka n shi te mo i i de su ka?
那可以換其他東西嗎？

新出現的單字

サイズ 尺寸
合います 合適
返品します 退貨
レシート 收據

句型 43 因為尺寸不合，我想退貨。

句型 44 那可以換其他東西嗎？

句型43

理由 + ので、返品（へんぴん）したいです。 因為～，所以想退貨。

理由的部分以「普通形」表現，再加上表示客氣的原因說法「ので」，就可以用來說明原因。而後面的句子則提出相對應的要求，例如本文「～たいです」就表示「願望」，這裡指的是話者想要換貨的願望。

句型44

想換的東西 + と交換（こうかん）してもいいですか。 那可以換～嗎？

「動詞 + てもいい」表示許可，最後加上「か」表現出疑問，就會成為「尋求許可」。因此「交換（こうかん）します」搭配「てもいいですか」就會是尋求換貨的許可。例如：「写真（しゃしん）を撮（と）ってもいいですか。（我可以照相嗎？）」表示尋求對方能否讓自己拍某個東西的照片。

在日本當地購買商品後，如果要退換貨，請務必注意自己的回國時間。由於退換貨都只能在日本當地進行，買錯又來不及換貨的話就得不償失了。

因為尺寸不合，我想退貨。

へんぴん
［　　］ので、返品したいです。

［　　］no de, he n pi n shi ta i de su.

因為［　　］不合，所以想退貨。

◆ 試試看在空格內套入各種單字。

いろ　に あ
色が似合わない

i ro ga ni a wa na i

顏色不適合

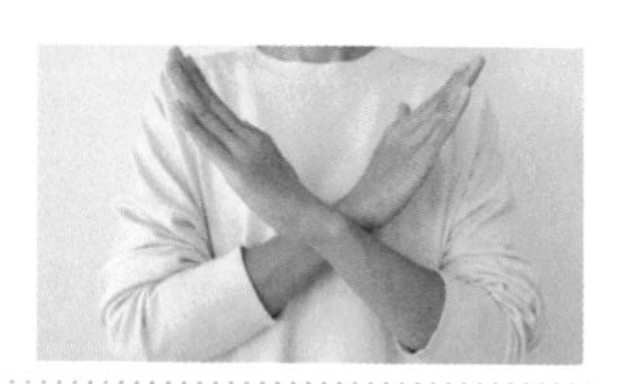

て ざわ　わる

手触りが悪い

te za wa ri ga wa ru i

摸起來不舒服

へん　にお

変な匂いがする

he n na ni o i ga su ru

有怪味

あな　あ
穴が空いている

a na ga a i te i ru

破洞

日本商店要是店家有過失才會提供退換貨，如果只是個人主觀的理由、例如「肌(はだ)の色(いろ)に合(あ)わない（跟膚色不搭）」之類的就沒辦法退。所以如果尺寸不合，是因為客人自己的不小心，那有可能是不能退換貨的唷。

句型44 練習 那可以換其他東西嗎？

22-3

［　　］と交換（こうかん）してもいいですか。

［　　］to ko u ka n shi te mo i i de su ka.

那可以換［　　］嗎？

◆ 試試看在空格內套入各種單字。

お買（か）い得品（どくひん）

o ka i do ku hi n

划算的商品

同（おな）じブランドの別（べつ）の商品（しょうひん）

o na ji bu ra n do no be tsu no syo u hi n

同品牌別的商品

商品券（しょうひんけん）[3]

syo u hi n ke n

禮券

引換券（ひきかえけん）

hi ki ka e ke n

兌換券

3「商品券（しょうひんけん）（禮券）」是指可以在特定商店或地區當作現金使用的紙卷，「引換券（ひきかえけん）（兌換券）」則是可以和特定物品交換的紙卷。在台灣，兌換券有時候會被稱為「商品禮券」，和「商品券（しょうひんけん）」看起來很像，容易搞混，有機會拿到禮券的時候要注意一下喔。

不小心出差錯的購物體驗

◆ 請聽以下會話，並跟著說說看。

紀明　すみません。**サイズが合わないので、返品(へんぴん)したいです**。
su mi ma se n, sa i zu ga a wa na i no de, he n pi n shi ta i de su.

店員　レシートはありますか。
re shi i to wa a ri ma su ka.

紀明　はい、これです。
ha i, ko re de su.

店員　サイズが合(あ)わないのでしたら、他(ほか)のサイズと交換(こうかん)もできます。お客様(きゃくさま)はどのサイズをお探(さが)しですか。
sa i zu ga a wa na i no de shi ta ra, ho ka no sa i zu to ko u ka n mo de ki ma su. o kya ku sa ma wa do no sa i zu o o sa ga shi de su ka.

紀明　L(エル)です。
e ru de su.

店員　現在(げんざい)、在庫(ざいこ)切(き)れで、2、3日(に さんにち)中(ちゅう)に入荷(にゅうか)する予定(よてい)です。
ge n za i, za i ko ki re de, ni, sa n ni chi chu u ni nyu u ka su ru yo te i de su.

紀明　明日(あした)帰国(きこく)しますので間(ま)に合(あ)いません。返品(へんぴん)してもらえませんか。
a shi ta ki ko ku shi ma su no de ma ni a i ma se n. he n pi n shi te mo ra e ma se n ka.

店員　申(もう)し訳(わけ)ございません、セール商品(しょうひん)は返品(へんぴん)できないんです。
mo u shi wa ke go za i ma se n, se e ru syo u hi n wa he n pi n de ki na i n de su.

紀明　**ほかのものと交換(こうかん)してもいいですか**。
ho ka no mo no to ko u ka n shi te mo i i de su ka.

紀明　不好意思，**因為尺寸不合，我想退貨。**
店員　有收據嗎？
紀明　有，這個。
店員　尺寸不合的話，可以跟其他尺寸交換。客人您要的尺寸是多大呢？
紀明　L 號。
店員　現在沒庫存，預計 2、3 天才會到貨。
紀明　明天要回國了，來不及。我可以退貨嗎？
店員　十分抱歉。特價品沒辦法退貨。
紀明　**那可以換其他東西嗎？**

22 換貨與退貨

解答在 250 頁

A 請從選項中選出能填入空格的詞。

選項　ので ｜ てもらえません ｜ てもいいです ｜ てください

① 因為尺寸不合，我想退貨。

サイズが合(あ)わない ______ 、返品(へんぴん)したいです。

② 我可以退貨嗎？

返品(へんぴん)し ______ か。

③ 那可以換其他東西嗎？

ほかのものと交換(こうかん)し ______ か。

B 請在選項中找出適當的表現，並完成下列的句子。

選項　穴(あな)が空(あ)いている ｜ お買(か)い得品(どくひん) ｜ 別(べつ)の商品(しょうひん) ｜ 変(へん)な匂(にお)いがする

① 因為有怪味，我想退貨。

______ ので、返品(へんぴん)したいです。

② 因為破洞，我想退貨。

______ ので、返品(へんぴん)したいです。

③ 可以跟折扣商品交換嗎？

______ と交換(こうかん)してもいいですか。

23 市場 市場（いちば）

◆ 請聽以下會話，並跟著說說看。

對話A

店員　何（なに）になさいますか。
na ni ni na sa i ma su ka?
請問要什麼呢？

客人　**海鮮丼（かいせんどん）ください。**
ka i se n do n ku da sa i.
請給我海鮮蓋飯。

對話B

店員　海鮮丼（かいせんどん）の並（なみ）でよろしいでしょうか。
ka i se n do n no na mi de yo ro shi i de syo u ka?
海鮮蓋飯的中碗可以嗎？

紀明　量（りょう）が多（おお）いです。**もう少（すこ）し**少（すく）ない**のはありませんか。**
ryo u ga o o i de su. mo u su ko shi su ku na i no wa a ri ma se n ka?
量太多了，有沒有再少一點的？

新出現的單字
海鮮丼（かいせんどん） 海鮮蓋飯
多い（おお） ooi 多

句型 45 請給我海鮮蓋飯。
句型 46 有沒有再少一點的？

23-1

句型45

想要的東西 ＋ ください。 請給我～

「名詞＋ください」是將「名詞＋をください」更加省略的講法，是最簡單的「要求」方式，較第 27 頁的「名詞＋をお願(ねが)いします」短，禮貌程度也較低，但是在外使用這種講法是完全沒問題的。

句型46

もう少(すこ)し ＋ 形容詞 ＋ のはありませんか。

有沒有再～一點的？

「もう少(すこ)し（再一點點）」屬於副詞，副詞後面可接續形容詞、動詞，加上「少(すく)ない（少）」就是「再少一點」的意思。上述對話的「もう少(すこ)し量(りょう)が少(すく)ないのはありませんか。」正確應為「もう少(すこ)し量(りょう)が少(すく)ない『海鮮丼(かいせんどん)』はありませんか。」，但引號中的「海鮮蓋飯」是會話的主題，對話中的兩人都已知道正在講的是海鮮蓋飯的事，因此可以用「の」替代。

在市場中，會有很多新鮮的東西，而台灣客人習慣用手摸摸看，實際感受東西的各種狀況，但在日本人眼中是不禮貌的行為，也認為會傷害產品本身和衛生。所以如果有這種習慣的人，要注意唷。

請給我海鮮蓋飯。

[　　　]ください。

[　　　] ku da sa i.

請給我[　　　]。

◆ 試試看在空格內套入各種單字。

定食（ていしょく）
te i syo ku
定食

カツ丼（どん）
ka tsu do n
豬排丼

ラーメン
ra a me n
拉麵

肉（にく）じゃが 4
ni ku jya ga
馬鈴薯燉肉

4 馬鈴薯燉肉是日本家庭的家常菜，每個日本媽媽的馬鈴薯燉肉都有不同的配料和風味，而且在外面幾乎是沒有販售這道菜的，所以在「最希望女朋友做什麼菜給我」的排行榜中，這道菜往往是第一名。而如果味道跟自己母親做的相似，就會說有「おふくろの味（あじ）」，也就是有「老媽的味道」。

有沒有再少一點的？

もう少し（すこ）＿＿＿のはありませんか。

mo u su ko shi ＿＿＿ no wa a ri ma se n ka?

有沒有再＿＿＿一點的？

◆ 試試看在空格內套入各種單字。

小さい（ちい）
chi i sa i
小的

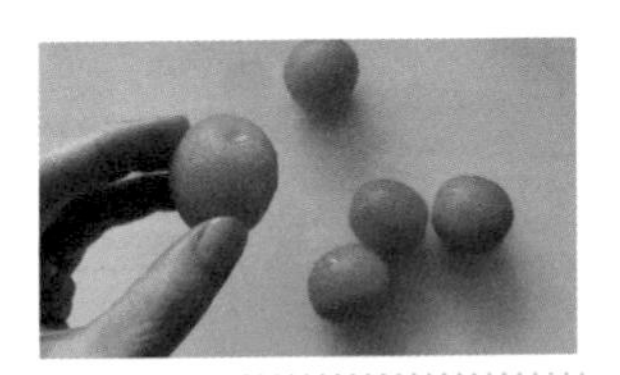

安い（やす）
ya su i
便宜的

熱い（あつ）
a tsu i
熱的

大きい（おお）
o o ki i
大的

日本人普遍身型較小，所以在服飾、內衣褲、鞋類的產品，通常都偏小。特別的是，尤其女性內衣，跟台灣的尺碼標示會有落差，例如日本的 C 罩杯，有時相當於台灣的 B 罩杯，所以在購買與尺寸有關的產品，最好是抓大一點的，但也有例外的時候，因此就可以請店員幫你換小一號的產品。

海鮮滿滿的日本海鮮市場

23-4

◆ 請聽以下對話，並跟著說說看。

熱愛海鮮的紀明，一早就到早上的海鮮市場裡面的店家吃飯。

店員　何（なに）になさいますか。
na ni ni na sa i ma su ka?

紀明　**海鮮丼（かいせんどん）ください。**
ka i se n do n ku da sa i..

店員　海鮮丼（かいせんどん）の並（なみ）でよろしいでしょうか。
ka i se n do n no na mi de yo ro shi i de syo u ka?

紀明　量（りょう）が多（おお）いです。**もう少（すこ）し少（すく）ないのはありませんか。**
ryo u ga o o i de su. mo u su ko shi su ku na i no wa a ri ma se n ka?

店員　あります。海鮮丼（かいせんどん）の小（しょう）でよろしいでしょうか。
a ri ma su. ka i se n do n no syo u de yo ro shi i de syo u ka?

紀明　はい。
ha i.

店員　請問要什麼呢？
紀明　**請給我海鮮蓋飯。**
店員　海鮮蓋飯的中碗可以嗎？
紀明　量太多了，**有沒有再少一點的？**
店員　有的，小的海鮮蓋飯可以嗎？
紀明　好。

23 市場

解答在 250 頁

A 從選項中選出能填入空格的詞。

選項　ください｜誰（だれ）｜何（なん）｜もう少（すこ）し

① 請給我海鮮蓋飯。

海鮮丼（かいせんどん）［　　　］。

② 這是什麼？

これは［　　　］ですか。

③ 有沒有再少一點的。

［　　　］少（すく）ないのはありませんか。

B 請在選項中找出適當的表現，並完成下列的句子。

選項　肉（にく）じゃが｜定食（ていしょく）｜カツ丼（どん）｜ラーメン

① 請給我豬排丼。

［　　　］ください。

② 請給我拉麵。

［　　　］ください。

③ 請給我馬鈴薯燉肉。

［　　　］ください。

外國人去日本最愛買的東西

化粧品（けしょうひん）

ke syo u hi n

化妝品

面膜、乳液、防曬乳一類的化妝品，特別是面膜一類又小又便宜的化妝品買回去方便分給親朋好友，很受歡迎。

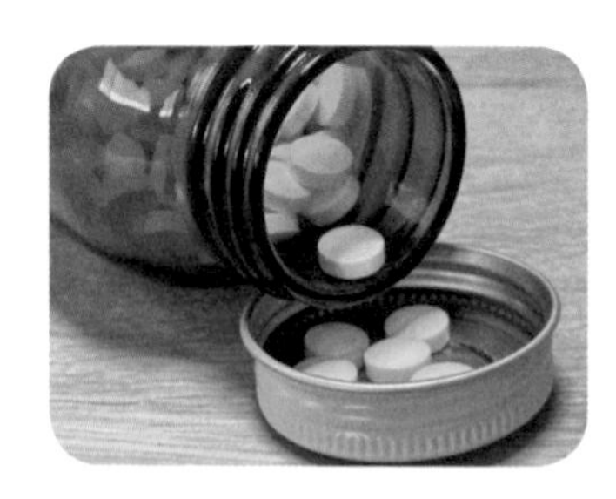

薬品（やくひん）

ya ku hi n

藥物

眼藥水、胃藥、感冒藥一類的一般家庭會儲備的藥品特別受歡迎。

お菓子（かし）

o ka shi

零食

日本零食種類繁多，有名的有長年受大眾喜愛的北海道戀人、東京芭娜娜、薯條三兄弟，現在也一直在推陳出新，選擇越來越多，有日本特色的抹茶口味也頗受好評。

文房具（ぶんぼうぐ）

bu n bo u gu

文具

日本的文具在世界都非常受歡迎，各家品牌皆持續研發令人驚豔的高功能產品，讓顧客爭相搶購。

觀光時

24 旅遊諮詢中心 観光案内所

かん こう あん ない じょ

◆ 請聽以下會話，並跟著說說看。

對話A

紀明　**この近く(ちか)にお土産屋(みやげや)はありますか。**

ko no chi ka ku ni o mi ya ge ya wa a ri ma su ka?

這附近有伴手禮店嗎？

櫃檯　はい、ありますよ。ここからまっすぐ行(い)って、右側(みぎがわ)です。

ha i, a ri ma su yo. ko ko ka ra ma s su gu i t te, mi gi ga wa de su.

是，有的。從這裡直直走，在右側。

對話B

紀明　**おすすめの観光(かんこう)スポットは何(なん)ですか。**

o su su me no ka n ko u su po t to wa na n de su ka?

推薦的觀光景點是什麼呢？

櫃檯　観光(かんこう)でしたら、遊覧船(ゆうらんせん)がおすすめです。

ka n ko u de shi ta ra, yu u ra n se n ga o su su me de su.

觀光的話，推薦您遊覽船。

新出現的單字

- **近く(ちか)** chi ka ku 附近
- **お土産屋(みやげや)** o mi ya ge ya 伴手禮店
- **まっすぐ** ma s su gu 直直地
- **右側(みぎがわ)** mi gi ga wa 右側
- **観光(かんこう)スポット** ka n ko u su po t to 觀光景點

句型 47 這附近有伴手禮店嗎？

句型 48 推薦的觀光景點是什麼呢？

句型47

この近(ちか)くに + 商店、景點 + はありますか。

這附近有～嗎？

這類句型稱為「存在句」，敘述某人、物等存在的地點，例如「貓在椅子下」這句重點便在於「貓存在的地點」的「椅子下」這個位置。因此這個句型「某商店、景點有存在在附近嗎？」的問句。「に」表示場所，所以前面放表示地點的「這附近」，表達要問的場所。

句型48

おすすめの + 地點、物 + は何(なん)ですか。

推薦的～是什麼呢？

「お」表示禮貌，「すすめ」是推薦的意思，連接「地點、物」，中間要加「の」，如果較粗糙的解讀方式，可以直接翻譯成「的」，而後面的「～は何(なん)ですか。」則是之前「18 拉麵店」提過的「A は B です」基本句型，也就是「A 是 B」，因此「A= 推薦的地點、物」、「B= 什麼」、「か＝嗎」，組合起來就會是本句型的中文翻譯了。

旅遊諮詢中心多設在旅遊景點裡，會提供為了旅客而做的各種廣告單或服務。如果自身的喜好不走觀光客路線，建議可以利用學到的日語多多在出國前查好內行人的景點喔。

這附近有伴手禮店嗎？

この近く（ちか）に［　　　］はありますか。

ko no chi ka ku ni ［　　　］ wa a ri ma su ka?

這附近有［　　　］嗎？

◆ 試試看在空格內套入各種單字。

お寺（てら）
o te ra
寺廟

お花見（はなみ）スポット
o ha na mi su po t to
賞櫻景點

紅葉（もみじ）スポット
mo mi ji su po t to
賞楓景點

滝（たき）
ta ki
瀑布

每年櫻花快開時期，日本氣象協會等會公布稱為「桜前線（さくらぜんせん）」的櫻花盛開預測日期圖表，方便民間賞花，旅客也可以依照這個公告來決定旅遊的日期，才能夠賞到盛開的櫻花。

句型48 練習 推薦的觀光景點是什麼呢？

おすすめの　　　は何（なん）ですか。

o su su me no 　　　 wa na n de su ka?

推薦的　　　是什麼呢？

◆ 試試看在空格內套入各種單字。

こうえん
公園 [1]
ko u e n
公園

ファミレス
fa mi re su
家庭餐廳

めいぶつ
名物
me i bu tsu
名產

にほんしゅ
日本酒
ni ho n syu
日本酒

1 日本許多賞櫻地點都在公園內，大家會鋪上地墊，放上許多手作料理，帶些酒一起在樹下邊欣賞美麗的櫻花，邊享用美食，晚間的時刻，公園會為櫻花打上燈，許多上班族會跟著上司來賞櫻，喝喝酒，應酬一下。在最熱門的時間上，位子是搶不到的，所以可要好好找機會佔好位子唷。

對旅客來說很重要的地方

24-4

◆ 請聽以下會話，並跟著說說看。

紀明　すみません、この街（まち）の観光案内（かんこうあんない）パンフレットはありますか。
su mi ma se n, ko no ma chi no ka n ko u a n na i pa n hu re t to wa a ri ma su ka?

櫃檯　はい、ございます。こちらです。
ha i, go za i ma su. ko chi ra de su.

紀明　中国語版（ちゅうごくごばん）もありますか。
chu u go ku go ba n mo a ri ma su ka?

櫃檯　はい、もちろんございますよ。どうぞ。
ha i, mo chi ro n go za i ma su yo. do u zo.

紀明　ありがとうございます。**この近（ちか）くにお土産屋（みやげや）はありますか**。
a ri ga to u go za i ma su. ko no chi ka ku ni o mi ya ge ya wa a ri ma su ka?

櫃檯　はい、ありますよ。ここからまっすぐ行（い）って、右側（みぎがわ）です。
ha i, a ri ma su yo. ko ko ka ra ma s su gu i t te, mi gi ga wa de su.

紀明　**おすすめの観光（かんこう）スポットは何（なん）ですか**。
o su su me no ka n ko u su po t to wa na n de su ka?

櫃檯　観光（かんこう）でしたら、遊覧船（ゆうらんせん）がおすすめです。
ka n ko u de shi ta ra, yu u ra n se n ga o su su me de su.

紀明　不好意思，有這鎮上的觀光導覽小冊子嗎？
櫃檯　是，有的。這個。
紀明　也有中文版的嗎？
櫃檯　是，當然有的。請。
紀明　謝謝。**這附近有伴手禮店嗎？**
櫃檯　是，有的。從這裡直直走，在右側。
紀明　**推薦的觀光景點是什麼呢？**
櫃檯　觀光的話，推薦您遊覽船。

24 旅遊諮詢中心

解答在 251 頁

◆ 請聽以下會話，並跟著說說看。

A 請從選項中選出能填入空格的詞。

選項　**も｜が｜に｜は**

① 也有中文版的嗎？

中国語版(ちゅうごくごばん) ＿＿＿ ありますか。

② 這附近有伴手禮店嗎？

この近(ちか)く ＿＿＿ お土産屋(みやげや)はありますか。

③ 推薦您遊覽船。

遊覧船(ゆうらんせん) ＿＿＿ おすすめです。

B 請在選項中找出適當的表現，並完成下列句子。

選項　**紅葉(もみじ)スポット｜公園(こうえん)｜名物(めいぶつ)｜日本酒(にほんしゅ)**

① 這附近有賞楓景點嗎？

この近(ちか)くに ＿＿＿ はありますか。

② 推薦的公園是什麼呢？

おすすめの ＿＿＿ は何(なん)ですか。

③ 推薦的名產是什麼呢？

おすすめの ＿＿＿ は何(なん)ですか。

25 博物館 博物館（はくぶつかん）

◆ 請聽以下會話，並跟著說說看。

對話A

紀明 **入口（いりぐち）はどこですか。**
i ri gu chi wa do ko de su ka?
入口在哪裡呢？

售票處 あちらに白（しろ）いドアがありますね。あちらです。
a chi ra ni shi ro i do a ga a ri ma su ne? a chi ra de su.
那邊有白色的門對吧？在那邊。

對話B

紀明 山田先生（やまだせんせい）の記念品（きねんひん）**は売（う）っていますか。**
ya ma da se n se i no ki ne n hi n wa u t te i ma su ka?
有賣山田老師的紀念品嗎？

館員 はい、ございます。
ha i, go za i ma su.
是，有的。

新出現的單字

入口（いりぐち） i ri gu chi 入口

ドア do a 門

記念品（きねんひん） ki ne n hi n 紀念品

売（う）ります u ri ma su 販賣

句型 49 入口在哪裡呢？

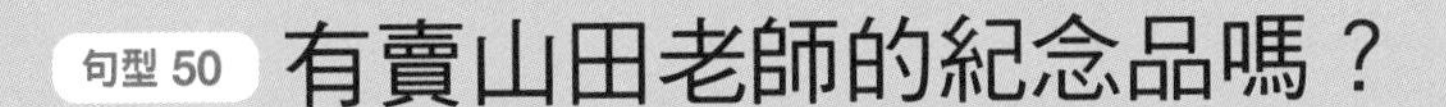

句型 50 有賣山田老師的紀念品嗎？

句型49

地點 ＋ はどこですか。 ～在哪裡呢？

這個句型和「18 拉麵店」及「24 旅遊諮詢中心」是一樣的句型，也就是「A は B です。」、「A」是要問的地點，「B」則是問地點的「どこ」，而因為是問地點的「どこ」，也就是疑問詞，因此是個問句，最後要加上一個「か」表示疑問，才能成為完整的疑問句。也就是說「A は B ですか。」

句型50

東西 ＋ は売（う）っていますか。 有賣～嗎？

「売（う）ります」動詞變成「て形」加上「います」，成為一個狀態的表現，表示現在有販售某物品的狀態，繼續這個販售的樣子。「は」則可表現出「我知道會賣 A，那會賣 B 嗎？」的意思。

日本有需多只會在日本國內舉辦的展覽會，有些旅行社還會舉辦專門去逛這類展覽會的旅行團。

入口在哪裡呢？

＿＿＿はどこですか。

＿＿＿ wa do ko de su ka?

＿＿＿在哪裡呢？

◆ 試試看在空格內套入各種單字。

トイレ
to i re
廁所

出口（でぐち）
de gu chi
出口

シアター
shi a ta a
小劇場

インフォメーション
i n fwo me e syo n
諮詢檯

在不同場合展演的地方有不同的稱呼，一般在博物館或餐廳等較時髦的地方，叫做「シアター」，而有觀眾座位、舞台及佈景裝飾的地方叫做「劇場（げきじょう）（劇場）」。

有賣山田老師的紀念品嗎？

＿＿は売(う)っていますか。

＿＿wa u t te i ma su ka?

有賣＿＿嗎？

◆ 試試看在空格內套入各種單字。

記念(きねん)ハガキ
ki ne n ha ga ki
紀念明信片

グッズ 2
gu z zu
周邊商品

複製原画(ふくせいげんが)
hu ku se i ge n ga
複製畫

クリアファイル
ku ri a fa i ru
資料夾

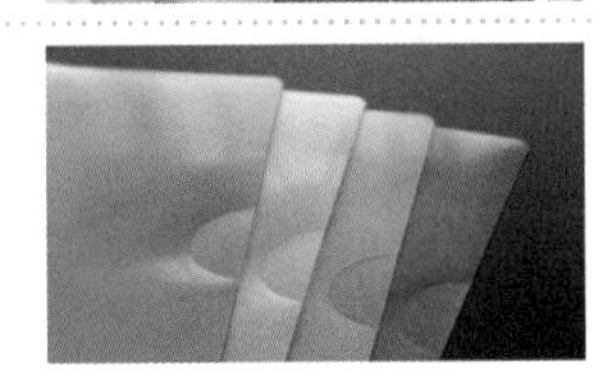

2 日本不管任何展覽，尤其是盛行的動漫產業，周邊商品出也出不完，比起作品，周邊商品帶來的收益大出許多。而因為是本國產業，所以隨處可見的周邊商品，通常也都是正版品，大多可以放心購買。

難得碰上的外國展覽

◆ 請聽以下對話，並跟著說說看。

紀明 大人(おとな)二枚(にまい)と子供(こども)一枚(いちまい)をお願(ねが)いします。
o to na ni ma i to ko do mo i chi ma i o o ne ga i shi ma su.

售票處 はい。大人(おとな)二枚(にまい)と子供(こども)一枚(いちまい)ですね。どうぞ。
ha i. o to na ni ma i to ko do mo i chi ma de su ne. do u zo.

紀明 **入口(いりぐち)はどこですか**。
i ri gu chi wa do ko de su ka?

售票處 あちらに白(しろ)いドアがありますね。あちらです。
a chi ra ni shi ro i do a ga a ri ma su ne? a chi ra de su.

紀明 わかりました。
wa ka ri ma shi ta.

●進入博物館

紀明 すみません、今(いま)、こちらで何(なに)かイベントがありますか。
su mi ma se n, i ma, ko chi ra de na ni ka i be n to ga a ri ma su ka?

館員 山田先生(やまだせんせい)の絵画展(かいがてん)でございます。入(はい)られますか。
ya ma da se n se i no ka i ga te n de go za i ma su. ha i ra re ma su ka?

紀明 **山田先生(やまだせんせい)の記念品(きねんひん)は売(う)っていますか**。
ya ma da se n se i no ki ne n hi n wa u t te i ma su ka?

館員 はい、ございます。
ha i, go za i ma su.

紀明 請給我大人兩張和小孩一張。
售票處 好，大人兩張和小孩一張對吧。請。
紀明 **入口在哪裡呢？**
售票處 那邊有白色的門對吧？在那邊。
紀明 明白了。

紀明 不好意思。現在這裡有什麼活動呢？
館員 是山田老師的繪畫展。您要進來嗎？
紀明 **有賣山田老師的紀念品嗎？**
館員 是，有的。

驗收 25 博物館

解答在 251 頁

A 請從選項中選出能填入空格的詞。

選項　ありります｜ています｜どこ｜は

① 入口在哪裡呢。

入口(いりぐち)は ＿＿＿ ですか。

② 這裡有什麼活動呢？

こちらで何(なに)かイベントが ＿＿＿ か。

③ 有賣山田老師的紀念品嗎？

山田先生(やまだせんせい)の記念品(きねんひん)は売(う)っ ＿＿＿ か。

B 請在選項中找出適當的表現，並完成下列句子。

選項　グッズ｜シアター｜トイレ｜記念(きねん)ハガキ

① 廁所在哪裡呢？

＿＿＿ はどこですか。

② 小劇場在哪裡呢？

＿＿＿ はどこですか。

③ 有賣周邊商品嗎？

＿＿＿ は売(う)っていますか。

26 看劇 観劇（かんげき）

◆ 請聽以下會話，並跟著說說看。

對話A

工作人員 中身（なかみ）は何（なん）ですか。
na ka mi wa na n de su ka?
裡面是什麼東西？

紀明 ケーキ**が入（はい）っています。**
ke e ki ga ha i t te i ma su.
裡面裝著蛋糕。

對話B

紀明 メッセージカード**だけならいいですか。**
me s se n ji ka a do da ke na ra i i de su ka?
只有留言卡的話可以嗎？

工作人員 はい、大丈夫（だいじょうぶ）です。
ha i, da i jyo u bu de su.
是，可以的。

新出現的單字

中身（なかみ） na ka mi （容器內的）內容

ケーキ ke e ki 蛋糕

メッセージカード me s se e ji ka a do 留言卡

句型 51 裝著蛋糕。

句型 52 只有留言卡的話可以嗎？

句型51

東西 + が入(はい)っています。 裝著～。

「入(はい)ります」是動詞「裝、進入」，是自動詞。所謂的自動詞就是「東西『自己』怎麼了」，因此可以簡單想像成「某東西自己在裡面」的狀況。而搭配「～ています」就會變成狀態，也就是「某東西自己待在裡面的狀態」。例句中的蛋糕，就可以想像成說話的人的視角是：「我的蛋糕自己待在裡面」的感覺喔。

句型52

東西 + だけならいいですか。 只有～的話可以嗎？

「だけ」是限定表現的「只有」，而「なら」是假定表現「的話」，「いいですか」表示詢問許可，因此組合起來就是「假設只有某東西是可以的嗎？」，於是潤飾成中文便是「只有～的話可以嗎？」

為了保護表演者的人身安全，日本人對於粉絲禮物的規範是非常嚴格的。食品類容易在材料或是食物本身之內藏有異物，常被視為是風險最高的禮物。想要贈送禮物表達心意，還是送點小卡片就可以了。

裝著蛋糕。

はい
［　　］が入っています。

［　　］ga ha i t te i ma su.

裝著［　　］。

◆ 試試看在空格內套入各種單字。

ぬいぐるみ
nu i gu ru mi
布偶

はな
花
ha na
花

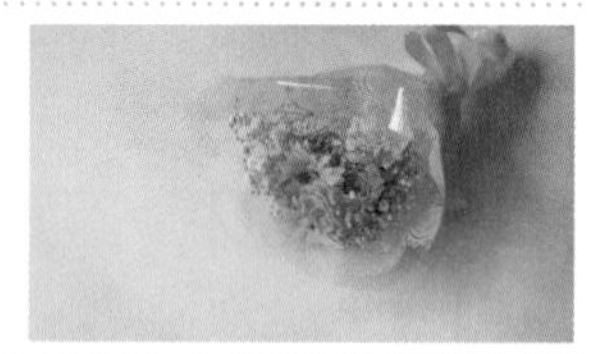

マグカップ
ma gu ka p pu
馬克杯

マフラー
ma hu ra a
圍巾

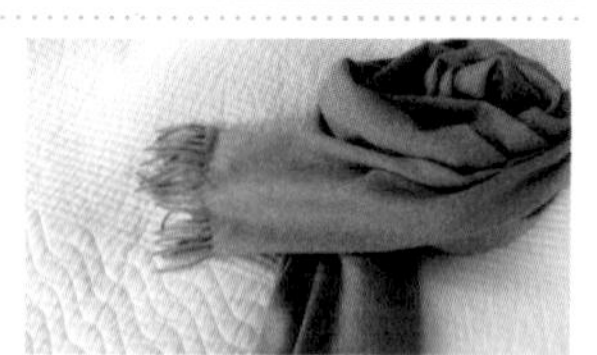

在「22 換貨與退貨」有提到禮券有分可以當現金使用的禮券、和可和商品交換的兌換券，慣例上粉絲給偶像的禮物可以送兌換券，但不能給禮券，也不能夠給點數卡一類的東西，現金更是不行，都會被官方人員給擋下，送回去。

只有留言卡的話可以嗎？

□だけならいいですか。

□ da ke na ra i i de su ka?

只有□的話可以嗎？

◆ 試試看在空格內套入各種單字。

手紙（てがみ）

te ga mi

信

折鶴（おりづる）[2]

o ri zu ru

紙鶴

名刺（めいし）

me i shi

名片

手作り（てづく）のもの

te zu ku ri no mo no

手製品

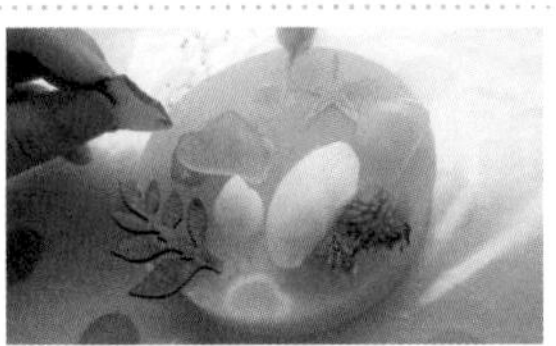

2 日本人會送「折鶴（おりづる）（紙鶴）」給別人，代表為他祈福、慰安、早日康復，常見的是送給生病或受傷而住院的人。集滿 1000 隻紙鶴時可稱為「千羽鶴（せんばづる）（千羽鶴）」，以勞力表示誠意。

追星追到日本去

◆ 請聽以下會話，並跟著說說看。

紀明　俳優（はいゆう）さんにプレゼントをあげたいのですが…。どこで渡（わた）せばいいですか。
ha i yu u sa n ni pu re ze n to o a ge ta i no de su ga.... do ko de wa ta se ba i i de su ka?

工作人員　中身（なかみ）は何（なん）ですか。
na ka mi wa na n de su ka?

紀明　**ケーキが入（はい）っています。**
ke e ki ga ha i t te i ma su.

工作人員　食（た）べ物（もの）はご遠慮（えんりょ）ください。
ta be mo no wa go e n ryo ku da sa i.

紀明　じゃ、**メッセージカードだけならいいですか。**
jya, me s se e ji ka a do da ke na ra i i de su ka?

工作人員　はい、大丈夫（だいじょうぶ）です。
ha i, da i jyo u bu de su.

紀明　どこで渡（わた）しますか。
do ko de wa ta shi ma su ka?

工作人員　あそこの長（なが）テーブルで渡（わた）してください。
a so ko no na ga te e bu ru de wa ta shi te ku da sa i.

紀明　俳優（はいゆう）の木村（きむら）さんの場所（ばしょ）はどの辺（へん）ですか。
ha i yu u no ki mu ra sa n no ba syo wa do no he n de su ka?

工作人員　一番右（いちばんみぎ）です。
i chi ba n mi gi de su.

紀明　我想給演員禮物。請問要交到哪呢？
工作人員　裡面是什麼東西？
紀明　**裡面裝著蛋糕。**
工作人員　請不要送食物。
紀明　那麼，**只有留言卡的話可以嗎？**
工作人員　是，可以的。
紀明　在哪裡交呢？
工作人員　請在那邊的長桌交出去。
紀明　演員木村先生的在哪一邊呢？
工作人員　最右邊。

驗收 26 看劇

解答在 252 頁

A 請從選項中選出能填入空格的詞。

選項　**だけなら** | **いい** | **どの** | **ています**

① 裡面裝著蛋糕。

ケーキが入(はい)っ ＿＿＿＿ 。

② 只有留言卡的話可以嗎？

メッセージカード ＿＿＿＿ いいですか。

③ 演員木村先生的在哪一邊呢？

俳優(はいゆう)の木村(きむら)さんの場所(ばしょ)は ＿＿＿＿ 辺(へん)ですか。

B 請在選項中找出適當的表現，並完成下列句子。

選項　**マグカップ** | **手紙(てがみ)** | **マフラー** | **プレゼント**

① 裡面裝著馬克杯。

＿＿＿＿ が入(はい)っています。

② 裡面裝著圍巾。

＿＿＿＿ が入(はい)っています。

③ 只有信的話可以嗎？

＿＿＿＿ だけならいいですか。

27 遊樂園 遊園地（ゆうえんち）

◆ 請聽以下會話，並跟著說說看。

對話A

紀明 すみません。9歳（きゅうさい）**の場合（ばあい）、乗（の）れますか。**
su mi ma se n. kyu u sa i no ba a i,no re ma su ka?
不好意思。九歲可以搭乘嗎？

工作人員 申（もう）し訳（わけ）ございません。ご遠慮（えんりょ）いただいております。
mo u shi wa ke go za i ma se n, go e n ryo i ta da i te o ri ma su.
非常抱歉。不能搭乘。

對話B

紀明 割引（わりびき）クーポン**はどこで買（か）えますか。**
wa ri bi ki ku u po n wa do ko de ka e ma su ka?
折價券能在哪買呢？

工作人員 そちらの窓口（まどぐち）で買（か）えますよ。
so chi ra no ma do gu chi de ka e ma su yo.
在那邊的窗口。

新出現的單字

9 歳（きゅうさい） kyu u sa i 9 歲
場合（ばあい） ba a i 狀況
乗れます（の） no re ma su 能、可以搭乘
割引クーポン（わりびき） wa ri bi ki ku u po n 折價券
買えます（か） ka e ma su 能買

句型 53　九歲可以搭乘嗎？

句型 54　折價券能在哪買呢？

句型53

表狀況的名詞 ＋ の場合（ばあい）、乗（の）れますか。

～（的狀況）可以搭乘嗎？

「の」是修飾後面的名詞所使用，簡單來說就是名詞與名詞中間加「の」，而「場合（ばあい）」是名詞，因此前面的狀況必須要以名詞呈現。「の場合（ばあい）」翻譯成中文會是「的狀況」，中文通常不會這樣講，所以常會被省略。而後面的「乗（の）れます」是動詞「乗（の）ります」的可能形，從「搭乘」變成「能搭乘」，最後加個「か」表示疑問。

句型54

東西 ＋ はどこで買（か）えますか。　～能在哪買呢？

「どこ」是表示「問地點」的疑問詞，加上表示動作發生的地點「で」，則能表示「在哪裡做～」的意思。後面加上「買（か）えます（能買）」以及疑問的「か」，就可組成「能在哪買呢？」

日本遊樂園對於遊客搭乘的管制較嚴格，工作人員也較為嚴格執行規範，所以如果不清楚能不能遊玩，建議大膽地用這些日文問問看吧。

句型53 練習

九歲（的狀況）可以搭乘嗎？

27-2

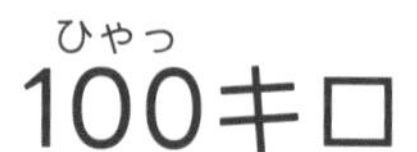 の場合（ばあい）、乗（の）れますか。

no ba a i, no re ma su ka?

（的狀況）可以搭乘嗎？

◆ 試試看在空格內套入各種單字。

100（ひゃく）センチ
hya ku se n chi
100 公分

100（ひゃっ）キロ
hya k ki ro
100 公斤

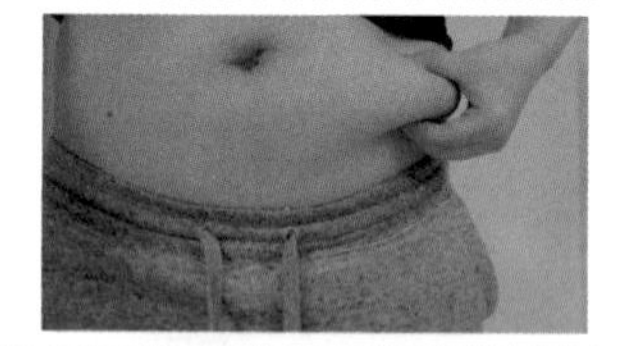

心臓病（しんぞうびょう）
shi n zo u byo u
心臟病

妊娠中（にんしんちゅう）
ni n shi n chu u
懷孕中

日本人肥胖率相對較低，所以在遊樂設施使用上沒什麼大問題。不過設施還是有承重的標準，如果評估自身的身型較為特殊，或不太有把握，請一定要跟工作人員再度確認。

折價券能在哪買呢？

______ はどこで買(か)えますか。

______ wa do ko de ka e ma su ka?

______ 能在哪買呢？

◆ 試試看在空格內套入各種單字。

スタンバイパス
su ta n ba i pa su
等待通關票

夜間(やかん)チケット
ya ka n chi ke t to
夜間入場票

年間(ねんかん)パスポート
ne n ka n pa su po o to
年票

周遊(しゅうゆう)きっぷ [4]
syu u yu u ki p pu
周遊券

4 日本針對外國遊客發行的交通券非常多，例如 JR 會有周遊券，購買一定天數的票券，可在規定的範圍內不限次數搭乘電車和新幹線，對外國遊客來說非常划算。

家庭、情侶遊樂的好地方

◆ 請聽以下會話，並跟著說說看。

紀明　すみません。9歳(きゅうさい)**の場合(ばあい)、乗(の)れますか**。
su mi ma se n. kyu u sa i no ba a i,no re ma su ka?

工作人員　申(もう)し訳(わけ)ございません。ご遠慮(えんりょ)いただいております。
mo u shi wa ke go za i ma se n. go e n ryo i ta da i te o ri ma su.

紀明　9歳(きゅうさい)の場合(ばあい)、何(なに)がおすすめですか。
kyu u sa i no ba a i, na ni ga o su su me de su ka?

工作人員　そちらの観覧車(かんらんしゃ)がすすめです。
so chi ra no ka n ra n sya ga su su me de su.

紀明　ありがとうございます。
a ri ga to u go za i ma su.

●紀明追加詢問

紀明　**割引(わりびき)クーポンはどこで買(か)えますか**。
wa ri bi ki ku u po n wa do ko de ka e ma su ka?

工作人員　そちらの窓口(まどぐち)で買(か)えますよ。
so chi ra no ma do gu chi de ka e ma su yo.

紀明　不好意思。**九歲可以搭乘嗎？**
工作人員　非常抱歉。不能搭乘。
紀明　九歲會推薦什麼呢？
工作人員　推薦那邊的摩天輪。
紀明　謝謝。
紀明　**折價券能在哪買呢？**
工作人員　在那邊的窗口。

驗收 27 遊樂園

解答在 252 頁

A 請從選項中選出能填入空格的詞。

選項　で｜は｜が｜の

① 九歲可以搭乘嗎？

9歳(きゅうさい)＿＿＿＿場合(ばあい)、乗(の)れますか。

② 推薦那邊的摩天輪。

そちらの観覧車(かんらんしゃ)＿＿＿＿すすめです。

③ 折價券能在哪買呢？

割引(わりびき)クーポンはどこ＿＿＿＿買(か)えますか。

B 請在選項中找出適當的表現，並完成下列句子。

選項　年間(ねんかん)パスポート｜100(ひゃく)センチ｜100(ひゃっ)キロ｜心臓病(しんぞうびょう)

① 100 公分會推薦什麼呢？

＿＿＿＿の場合(ばあい)、何(なに)がおすすめですか。

② 心臟病可以搭乘嗎？

＿＿＿＿の場合(ばあい)、(の)れますか。

③ 年票能在哪買呢？

＿＿＿＿はどこで買(か)えますか。

28 神社 神社（じんじゃ）

◆ 請聽以下會話，並跟著說說看。

對話A

紀明 子宝（こだから）のお守（まも）り**はいくらですか。**
ko da ka ra no o ma mo ri wa i ku ra de su ka?
生子御守多少錢呢？

巫女 1200円（せんにひゃくえん）です。
se n ni hya ku e n de su.
一千兩百圓。

對話B

紀明 **ペンを借（か）りてもいいですか。**
pe n o ka ri te mo i i de su ka?
可以跟你借筆嗎？

巫女 どうぞ。
do u zo.
請。

新出現的單字

子宝（こだから）のお守（まも）り ko da ka ra no o ma mo ri 生子御守

いくら i ku ra 多少錢

ペン pe n 筆

借（か）ります ka ri ma su 借（入）

句型 55 生子御守多少錢呢？

句型 56 可以跟你借筆嗎？

句型55

東西 + **はいくらですか。** ～多少錢呢？

這個句型也如同之前幾個篇章的「AはBです。」一樣，是同一個概念。A是名詞，B則是詢問價錢的疑問詞「いくら」，最後搭配因為表示疑問的「か」，變成一個詢問價格的句型，例如：「これはいくらですか。（這多少錢呢？）」

句型56

東西 + **を借（か）りてもいいですか。** 可以跟你借～嗎？

日文的「借」有兩個單字，一個是借入：「借（か）ります」，另一個是借出：「貸（か）します」，而這裡的文法「～てもいいですか。」是請求對方的許可，「你可以（讓我）～嗎？」因此要使用借入的「借（か）ります」變成「你可以（讓我）借（入）你的～嗎？」，潤飾後就是「可以跟你借～嗎？」

神社有專門掛繪馬的地方，每片繪馬都寫著大家祈願的事情。日本人大多不會接近繪馬去窺探別人的心願，對祈願者的隱私表示尊重。就算好奇，也要盡量克制住喔。

生子御守多少錢呢？

28-2

［　　　］はいくらですか。

［　　　］wa i ku ra de su ka?

［　　　］多少錢呢？

◆ 試試看在空格內套入各種單字。

おみくじ [1]
o mi ku ji
抽籤

御朱印（ごしゅいん）
go syu i n
御朱印

お賽銭（さいせん）
o sa i se n
香油錢

絵馬（えま）
e ma
繪馬

1 日本的神社都會有籤可以抽，和台灣的相似。抽籤通常有兩種，一種是自行投幣後，拿起一張已寫好的籤詩，而另一種是自行投錢後，拿起木製或鐵製的籤筒，洞孔對下搖一搖後，依照掉出的號碼，在抽籤區找出自己的籤詩。如果抽到凶或大凶等較不吉利的籤，可以綁在旁邊表示解厄運。

可以跟你借筆嗎？

28-3

＿＿＿を借（か）りてもいいですか。

＿＿＿ o ka ri te mo i i de su ka?

可以跟你借＿＿＿嗎？

◆ 試試看在空格內套入各種單字。

ティッシュペーパー
thi s syu pe e pa a
面紙/抽取式衛生紙

ハンカチ [2]
ha n ka chi
手帕

携帯（けいたい）
ke i ta i
手機

自転車（じてんしゃ）

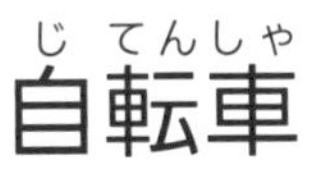

ji te n sya
腳踏車

2 日本人隨身攜帶的手帕，主要擦的是洗手時沾到的水、汗水、杯口的口紅漬，或雨水一類的身上或物品上沾到的水。在日劇上常常看到日本人會借手帕給哭泣的人用，但日本人幾乎都只會帶一張手帕，因此手上的手帕較乾淨時才會借出，而要向他人借手帕的人，也會先評估對方的衛生習慣再決定要不要借。

遊客必去的日本神社

◆ 請聽以下會話，並跟著說說看。

紀明　交通安全(こうつうあんぜん)のお守(まも)りを一(ひと)つください。
ko u tsu u a n ze n no o ma mo ri o hi to tsu ku da sa i.

巫女　はい、わかりました。800円(はっぴゃくえん)です。
ha i, wa ka ri ma shi ta. ha p pya ku e n de su.

紀明　**子宝(こだから)のお守(まも)りはいくらですか。**
ko da ka ra no o ma mo ri wa i ku ra de su ka?

巫女　1200円(せんにひゃくえん)です。
se n ni hya ku e n de su.

紀明　じゃ、一(ひと)つください。
jya, hi to tsu ku da sa i.

●紀明瞄到一個漂亮的東西

紀明　それは何(なん)ですか。
so re wa na n de su ka?

巫女　絵馬(えま)です。そこに願(ねが)い事(ごと)を書(か)くものです。
e ma de su. so ko ni ne ga i go to o ka ku mo no de su.

紀明　一枚(いちまい)ください。**ペンを借(か)りてもいいですか。**
i chi ma i ku da sa i. pe n o ka ri te mo i i de su ka?

巫女　どうぞ。
do u zo.

紀明　請給我一個交通安全御守。
巫女　好的，明白了。八百圓。
紀明　**生子御守多少錢呢？**
巫女　一千兩百圓。
紀明　那麼，請給我一個。
紀明　那是什麼呢？
巫女　是繪馬，可以在上面寫你的願望。
紀明　請給我一個。**可以跟你借筆嗎？**
巫女　請。

驗收 28 神社

解答在 252 頁

A 請從選項中選出能填入空格的詞。

選項　てもいい｜何（なん）｜いくら｜ください

① 生子御守多少錢呢？

子宝（こだから）のお守（まも）りは ☐ ですか。

② 那是什麼呢？

それは ☐ ですか。

③ 可以跟你借筆嗎？

ペンを借（か）り ☐ ですか。

B 請在選項中找出適當的表現，並完成下列句子。

選項　おみくじ｜御朱印（ごしゅいん）｜ハンカチ｜ティッシュペーパー

① 抽籤多少錢呢？

☐ はいくらですか。

② 御朱印多少錢呢？

☐ はいくらですか。

③ 可以跟你借面紙嗎？

☐ を借（か）りてもいいですか。

29 慶典 祭り（まつ）

◆ 請聽以下會話，並跟著說說看。

對話A

紀明 一番奥（いちばんおく）は**何（なん）の出店（でみせ）ですか。**
i chi ba n o ku wa na n no de mi se de su ka?
最裡面的是什麼攤位呢？

工作人員 りんご飴（あめ）の出店（でみせ）です。
ri n go a me no de mi se de su.
蘋果糖的攤位。

對話B

紀明 りんご飴（あめ）の出店（でみせ）**をバックに写真（しゃしん）を撮（と）ってもらえますか。**
ri n go a me no de mi se o ba k ku ni sya shi n o to t te mo ra e ma su ka?
可以幫我把蘋果攤位當背景拍照嗎？

工作人員 いいですよ。
i i de su yo.
可以喔。

新出現的單字

一番（いちばん） i chi ba n 最
奥（おく） o ku 裡面
出店（でみせ） de mi se 攤位
りんご飴（あめ） ri n go a me 蘋果糖
バック ba k ku 背景
写真（しゃしん） sya shi n 照片
撮（と）ります to ri ma su 拍攝

句型 57 最裡面的是什麼攤位呢？
句型 58 可以幫我把蘋果糖的攤位當背景拍照嗎？

句型57

方位、位置 + は何(なん)の出店(でみせ)ですか。 ～的是什麼攤位呢？

「何(なん)」是問「東西的『名字』」的疑問詞，也就是攤位的名字是「蘋果糖的攤位」，如果用日本人問我們「どんな出店(でみせ)」的話，會變成問「種類」，也許就可以回說：「是賣吃的攤位」、「玩遊戲的攤位」，所以要小心「疑問詞」的用法唷。

句型58

人、物 + をバックに写真(しゃしん)を撮(と)ってもらえますか。
可以幫我把～當背景拍嗎？

「に」是表示「轉換」，也就是把蘋果糖攤位「轉換成」背景的意思。而「～てもらえますか」表示對人的拜託，請對方為自己做某事，是一種較禮貌的說法，而要更加禮貌，可以說「～ていただけませんか」。

最裡面的是什麼攤位呢？

＿＿＿＿は何(なん)の出店(でみせ)ですか。

＿＿＿＿ wa na n no de mi se de su ka?

＿＿＿＿的是什麼攤位呢？

◆ 試試看在空格內套入各種單字。

右(みぎ)から3番目(さんばんめ)

mi gi ka ra sa n ba n me

右邊數來第三個

左(ひだり)から2番目(にばんめ)

hi da ri ka ra ni ba n me

左邊數來第二個

前(まえ)

ma e

前面

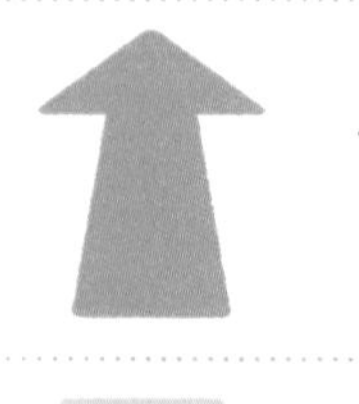

後(うし)ろ

u shi ro

後面

在祭典，尤其是知名的大祭典，是人潮洶湧的，人們前胸貼後背前進，很難好好逛攤位，享受樂趣，如果想要體驗到日本祭典攤販，可以查詢較小規模的祭典，好好玩一番。

可以幫我把蘋果糖的攤位當背景拍照嗎？

しゃしん　と
＿＿＿＿をバックに写真を撮ってもらえますか。

＿＿＿＿o ba k ku ni sya shi n o to t te mo ra e ma su ka?

可以幫我把＿＿＿＿當背景拍照嗎？

◆ 試試看在空格內套入各種單字。

どうぞう
銅像
do u zo u
銅像

ぶつぞう
仏像 2
bu tsu zo u
佛像

かんばん
看板
ka n ba n
看板

かざ　もの
飾り物
ka za ri mo no
裝飾品

2 說到日本的佛像，就屬奈良東大寺的大佛最有名了，也被列為世界文化遺產之一。東大寺是世界最大的木造建築，供奉 15 公尺以上高的大佛像。寺內有根柱子下面開了個洞，大小和大佛像的鼻孔相當，俗稱「大佛的鼻孔」，遊客只要鑽過洞口，可以無病無災，不妨體驗看看吧。

人擠人的熱鬧祭典

◆ 請聽以下會話，並跟著說說看。

紀明來到煙火大會，想找地方坐。

紀明　すみません、ここに座(すわ)ってもいいですか。
su mi ma se n, ko ko ni su wa t te mo i i de su ka?

其他遊客　はい、どうぞ。
ha i, do u zo.

●去逛攤位

紀明　**一番奥(いちばんおく)は何(なん)の出店(でみせ)ですか。**
i chi ba n o ku wa na n no de mi se de su ka?

工作人員　りんご飴(あめ)の出店(でみせ)です。
ri n go a me no de mi se de su.

紀明　すみません、**りんご飴(あめ)の出店(でみせ)をバックに写真(しゃしん)を撮(と)ってもらえますか。**
su mi ma se n,ri n go a me no de mi se o ba k ku ni sya shi n o to t te mo ra e ma su ka?

工作人員　いいですよ。
i i de su yo.

紀明　不好意思，可以坐在這嗎？
其他遊客　可以，請坐。
紀明　**最裡面的是什麼攤位呢？**
工作人員　蘋果糖的攤位。
紀明　不好意思，**可以幫我把蘋果糖的攤位當背景拍照嗎？**
工作人員　可以喔。

驗收 29 慶典

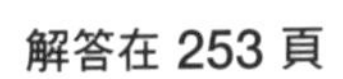
解答在 253 頁

A 請從選項中選出能填入空格的詞。

選項　**もらえます ｜ に ｜ の ｜ 何(なん)**

① 最裡面的是什麼攤位呢？
一番奥(いちばんおく)は ＿＿＿＿ の出店(でみせ)ですか。

② 可以幫我照相嗎？
写真(しゃしん)を撮(と)って ＿＿＿＿ か。

③ 可以幫我把蘋果糖的攤位當背景拍照嗎？
りんご飴(あめ)の出店(でみせ)をバック ＿＿＿＿ 写真(しゃしん)を撮(と)ってもらえますか。

B 請在選項中找出適當的表現，並完成下列句子。

選項　**前(まえ) ｜ 仏像(ぶつぞう) ｜ 後(うし)ろ ｜ 飾(かざ)り物(もの)**

① 前面的是什麼攤位呢？
＿＿＿＿ は何(なん)の出店(でみせ)ですか。

② 可以幫我把佛像當背景拍嗎？
＿＿＿＿ をバックに写真(しゃしん)を撮(と)ってもらえますか。

③ 可以幫我把裝飾品當背景拍嗎？
＿＿＿＿ をバックに写真(しゃしん)を撮(と)ってもらえますか。

日本知名的觀光景點

ふしみ いなり たいしゃ

伏見稲荷大社

hu shi mi i na ri ta i sya

伏見稲荷大社

位於京都， 荷神社祭拜保佑農業豐收的神，現在也延伸成保佑事業成功、家庭安全。社內有非常有名的「千本鳥居」，很受觀光客歡迎。

げんばく

原爆ドーム

ge n ba ku do o mu

原爆圓頂館

原爆圓頂館是當年美軍以原子彈轟炸廣島市時倖存的建築物，屬於「廣島和平紀念公園」的一部份，無法入內。附近設有廣島和平紀念資料館，收錄著許多當時留下的史料。

みやじま

宮島

mi ya ji ma

宮島

位於廣島縣。宮島其實是通稱，正確應稱為「嚴島」。嚴島神社的鳥居在漲潮時會單獨的立在海上，是「日本三景」之一，非常的知名。

とうだい じ

東大寺

to u da i ji

東大寺

奈良縣的東大寺是世界最大的木造寺院，其內有著名的巨大佛像「奈良大佛」，高達約 15 公尺。

在醫院

30 身體不適

31 受傷

30 身體不適 体調不良（たいちょうふりょう）

◆ 請聽以下會話，並跟著說說看。

對話A

醫生 どうされましたか。
do u sa re ma shi ta ka?
怎麼了呢？

紀明 **喉（のど）が痛（いた）いです。**
no do ga i ta i de su.
喉嚨很痛。

對話B

紀明 中国語（ちゅうごくご）に訳（やく）した診断書（しんだんしょ）をもらえますか。台湾（たいわん）のお医者（いしゃ）さん**に見（み）せます。**
chu u go ku go ni ya ku shi ta shi n da n syo o mo ra e ma su ka? ta i wa n no o i sya sa n ni mi se ma su.
可以開給我中文翻譯的診斷書嗎？要給台灣的醫生看。

醫生 いいですよ。
i i de su yo.
可以唷。

新出現的單字

喉（のど） no do 喉嚨
痛（いた）い i ta i 痛
中国語（ちゅうごくご） chu u go ku go 中文
診断書（しんだんしょ） shi n da n syo 診斷書
お医者（いしゃ）さん o i sya sa n 醫師

句型 59 喉嚨很痛。

句型 60 要給台灣的醫生看。

句型59

部位 + が痛(いた)いです。 ～很痛。

身體部位的疼痛，是發自身體自身的感受，因此在沒有其他特別的前提下，通常使用「が」再接上「痛(いた)い」較適合。而「です」是接在「痛(いた)い」這個「イ形容詞」後表示肯定、斷定的禮貌表現。

句型60

人物 + に見(み)せます。 要給～看。

「に」表示對象。「見(み)せます」這個動詞在中文翻譯容易讓人搞混到底是誰給誰看，因此建議可以先用「出示」來翻譯，最後再潤飾。因此這裡可以組合為「出示給～看」，也就是「給～看」的意思，而「に」前面的「人」就是要看某東西的對象。

日本雖然有健保，但看診還是非常貴，尤其是對於沒有健保的旅客更是昂貴。另外，日本就醫必須從小診所開始看診，有重大狀況才會經由醫師轉介到大醫院去，如果不幸在日本身體不舒服，可以在隨處可見的診所先看診。

喉嚨很痛。

［　　］が痛（いた）いです。

［　　］ga i ta i de su.

［　　］很痛。

◆ 試試看在空格內套入各種單字。

お腹（なか）
o na ka
肚子

胃（い）
i
胃

頭（あたま）
a ta ma
頭

目（め）
me
眼睛

在日本，因為藥妝店林立，所以各種藥品垂手可得，旅客在旅途中身體不適時也許會直接到藥妝店買藥服用。不過還是要仔細觀察自己的身體狀況，有需要還是得在當地就醫。建議大家出遊前要保相關的保險。

句型60 練習

要給台灣的醫生看。

30-3

［　　　］に見（み）せます。

［　　　］ni mi se ma su.

要給［　　　］看。

◆ 試試看在空格內套入各種單字。

家族（かぞく）
ka zo ku
家人

保険会社（ほけんがいしゃ）
ho ke n ga i sya
保險公司

保険の営業（ほけんのえいぎょう）
ho ke n no e i gyo u
保險員

夫（おっと）
o t to
丈夫

在國外生病、受傷掃興，但還是得乖乖去看醫生。在旅途中生病常常會拖到旅程結束，記得回國後還要再去看看醫生。

不適應日本天氣，生病了

◆ 請聽以下會話，並跟著說說看。

醫生　どうされましたか。
do u sa re ma shi ta ka?

紀明　**喉(のど)が痛いです。**
no do ga i ta i de su.

醫生　ちょっと見(み)ますね。…少(すこ)し腫(は)れてますね。熱(ねつ)や吐(は)き気(け)はありますか。
cho t to mi ma su ne. …su ko shi ha re te ma su ne. ne tsu ya ha ki ke wa a ri ma su ka?

紀明　いいえ。
i i e.

醫生　薬(くすり)を出(だ)しますね。一日三回(いちにちさんかい)飲(の)んでください。帰国(きこく)してから、もう一度(いちど)病院(びょういん)へ行(い)ってください。
ku su ri o da shi ma su ne. i chi ni chi sa n ka i no n de ku da sa i. ki ko ku shi te ka ra, mo u i chi do byo u i n e i t te ku da sa i.

紀明　はい。中国語(ちゅうごくご)に訳(やく)した診断書(しんだんしょ)をもらえますか。**台湾(たいわん)の医者(いしゃ)さんに見(み)せます。**
ha i, chu u go ku go ni ya ku shi ta shi n da n syo o mo ra e ma su ka? ta i wa n no o i sya sa n ni mi se ma su.

醫生　いいですよ。
i i de su yo.

醫生　怎麼了呢？
紀明　**喉嚨很痛。**
醫生　我稍微看一下喔。…有點腫。有發燒或想吐嗎？
紀明　沒有。
醫生　開個藥給你。請一天吃三次。回國之後，請再去一趟醫院。
紀明　好。可以開給我中文翻譯的診斷書嗎？**要給台灣的醫生看。**
醫生　可以唷。

30 身體不適

解答在 253 頁

A 請從選項中選出能填入空格的詞。

選項　**が** | **に** | **もらえますか** | **ください**

① 喉嚨很痛。

喉(のど) ＿＿＿＿ 痛(いた)いです。

② 可以開給我中文翻譯的診斷書嗎？

中国語(ちゅうごくご)に訳(やく)した診断書(しんだんしょ)を ＿＿＿＿。

③ 要給台灣的醫生看。

台湾(たいわん)のお医者(いしゃ)さん ＿＿＿＿ 見(み)せます。

B 請在選項中找出適當的表現，並完成下列句子。

選項　**胃(い)** | **お腹(なか)** | **頭(あたま)** | **保険会社(ほけんがいしゃ)**

① 肚子很痛。

＿＿＿＿ が痛(いた)いです。

② 頭很痛。

＿＿＿＿ が痛(いた)いです。

③ 要給保險公司看。

＿＿＿＿ に見(み)せます。

31 受傷 怪我（けが）

◆ 請聽以下會話，並跟著說說看。

對話A

紀明 膝（ひざ）から血（ち）が出（で）ています。
hi za ka ra chi ga de te i ma su.
我膝蓋流血了。

工作人員 ちょっと見（み）ますよ。擦（す）り傷（きず）がありますね。
cho t to mi ma su yo. su ri ki zu ga a ri ma su ne.
我稍微看一下。有擦傷呢。

對話B

紀明 お風呂（ふろ）に入（はい）る時（とき）はどうすればいいですか。
o hu ro ni ha i ru to ki wa do u su re ba i i de su ka?
泡澡的時候該怎麼辦呢？

護理師 防水（ぼうすい）の大（おお）きい絆創膏（ばんそうこう）を貼（は）ってください。
bo u su i no o o ki i ba n so u ko u o ha t te ku da sa i.
請貼防水的大 OK 繃。

新出現的單字

- 膝（ひざ） hi za 膝蓋
- 血（ち） chi 血
- 出（で）ます de ma su 流出
- 傷（きず） ki zu 傷口
- 絆創膏（ばんそうこう） ba n so u ko u OK 繃
- 貼（は）ります ha ri ma su 貼

句型 61　我流血了。

句型 62　泡澡的時候該怎麼辦呢？

句型61

動作或狀態的て形 + います。　我～了。

「～ています」有三種解釋。第一種是「正在」，第二種是「狀態」，第三種則是「反覆習慣動作」。「正在」可以簡單視為英語的「ing」，而狀態是狀態動詞產生的非動作性的動作，例如「台中に住んでいます」，「住」不是動作性的動詞，但可以一直持續表示「在台中住著」。最後則是「反覆習慣動作」，通常用在工作、就學，或是每日的習慣。

句型62

動作 + 時はどうすればいいですか。　～時候該怎麼辦呢？

「どう」是如何的意思，「すれば」是「します」（做）的假設表現，也就是「做的話」，「いい」是「好」，而前篇常說的「か」表示疑問，所以就是「～時候如何做的話才好呢？」，進而潤飾為「～時候該怎麼辦呢？」

小叮嚀：日本在醫療處置上非常小心細膩，如果遇到需要打針的狀況，記得乖乖待在原地休息五分鐘才可以離開，否則會嚇到醫護人員唷。

我流血了。

［　　］います。
［　　］i ma su.
［　　］了。

◆ 試試看在空格內套入各種單字。

膿(うみ)が出(で)て
u mi ga de te
流膿

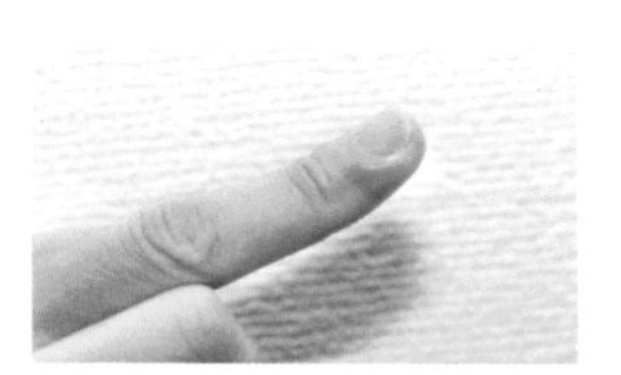

腫(は)れて
ha re te
腫起來

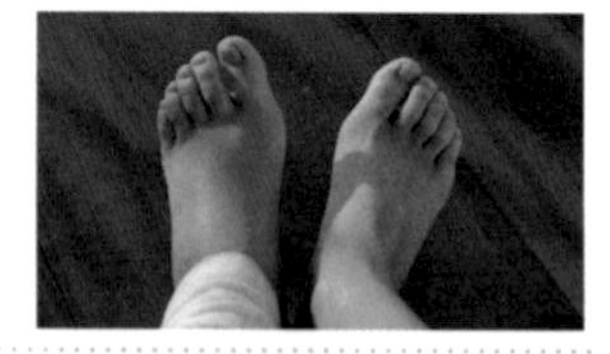

爛(ただ)れて
ta da re te
潰爛

あざができて
a za ga de ki te
瘀青

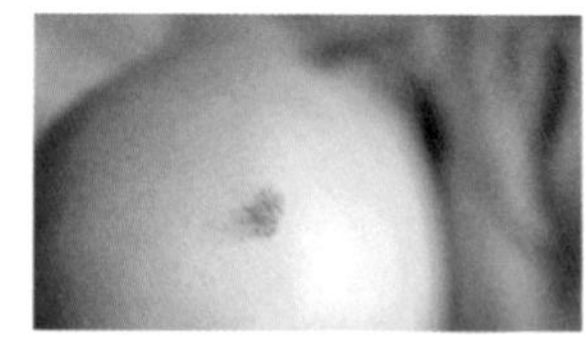

傷病就醫時說明自己哪裡有問題非常重要，但人體部位的名稱非常多樣，還是乾脆用手指給醫生看比較簡單易懂。

泡澡的時候該怎麼辦呢？

＿＿＿＿時(とき)はどうすればいいですか。

＿＿＿＿ to ki wa do u su re ba i i de su ka?

＿＿＿＿時候該怎麼辦呢？

◆ 試試看在空格內套入各種單字。

手(て)を洗(あら)う
te o a ra u
洗手

シャワーを浴(あ)びる [2]
sya wa a o a bi ru
淋浴

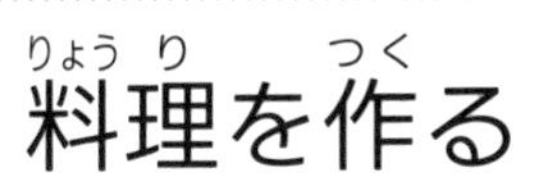

料理(りょうり)を作(つく)る
ryo u ri o tsu ku ru
做菜

出(で)かける
de ka ke ru
出門

2 通常就醫時如果醫生給你綁了繃帶或是貼了 OK 蹦一類的膠布，不管是台灣還是日本的醫生都會說明洗澡時該怎麼辦，有時還會給你專用的防水袋來讓你帶著繃帶洗澡。若對方沒說，或是你沒聽懂，最好還是要問清楚才好。

一不小心受傷了

◆ 請聽以下會話，並跟著說說看。

紀明　**膝(ひざ)から血(ち)が出ています。**
hi za ka ra chi ga de te i ma su.

工作人員　ちょっと見(み)ますよ。擦(す)り傷(きず)がありますね。
cho t to mi ma su yo. su ri ki zu ga a ri ma su ne.

紀明　どうすればいいですか。
do u su re ba i i de su ka?

工作人員　医務室(いむしつ)に行(い)って、薬(くすり)を塗(ぬ)りましょう。
i mu shi tsu ni i t te, ku su ri o nu ri ma syo u.

紀明　はい、お願(ねが)いします。
ha i, o ne ga i shi ma su.

護理師　少(すこ)し痛(いた)みますよ。我慢(がまん)してください。はい、終(お)わりました。そちらで薬(くすり)をもらってください。
su ko shi i ta mi ma su yo. ga ma n shi te ku da sa i. ha i, o wa ri ma shi ta. so chi ra de ku su ri o mo ra t te ku da sa i.

紀明　**お風呂(ふろ)に入(はい)る時(とき)はどうすればいいですか。**
o hu ro ni ha i ru to ki wa do u su re ba i i de su ka?

護理師　防水(ぼうすい)の大(おお)きい絆創膏(ばんそうこう)を貼(は)ってください。
bo u su i no o o ki i ba n so u ko u o ha t te ku da sa i.

紀明　**我膝蓋流血了。**
工作人員　我稍微看一下。有擦傷呢。
紀明　該怎麼辦呢？
工作人員　去醫務室塗個藥吧。
紀明　好，麻煩你了。
護理師　稍微會痛喔。請忍耐。好，好了。請在那邊拿藥。
紀明　**泡澡的時候該怎麼辦呢？**
護理師　請貼防水的大 OK 繃。

31 受傷

解答在 254 頁

A 請從選項中選出能填入空格的詞。

選項　どう｜すればいい｜います｜します

① 我流血了。

血(ち)が出(で)て ＿＿＿＿ 。

② 該怎麼辦呢？

どう ＿＿＿＿ ですか。

③ 泡澡的時候該怎麼辦呢？

お風呂(ふろ)に入(はい)る時(とき)は ＿＿＿＿ すればいいですか。

B 請在選項中找出適當的表現，並完成下列句子。

選項　腫(は)れて｜出(で)かける｜料理(りょうり)を作(つく)る｜手(て)を洗(あら)う｜膿(うみ)が出(で)て

① 腫起來了。

＿＿＿＿ います。

② 洗手的時候該怎麼辦呢？

＿＿＿＿ 時(とき)はどうすればいいですか。

③ 做菜的時候該怎麼辦呢？

＿＿＿＿ 時(とき)はどうすればいいですか。

補充單字

容易受傷生病的身體部位

31-5

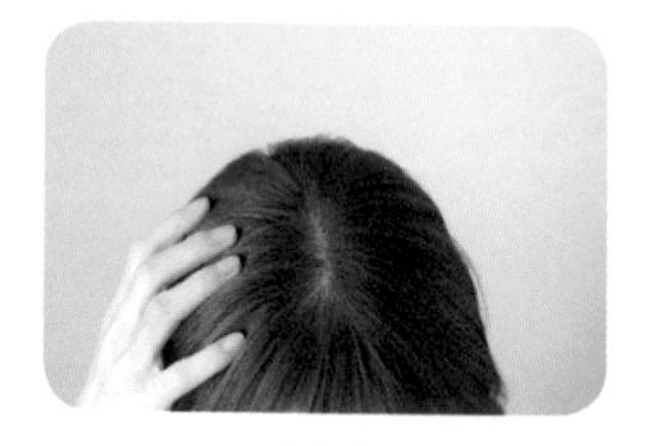

頭（あたま）
a ta ma
頭

顔（かお）
ka o
臉

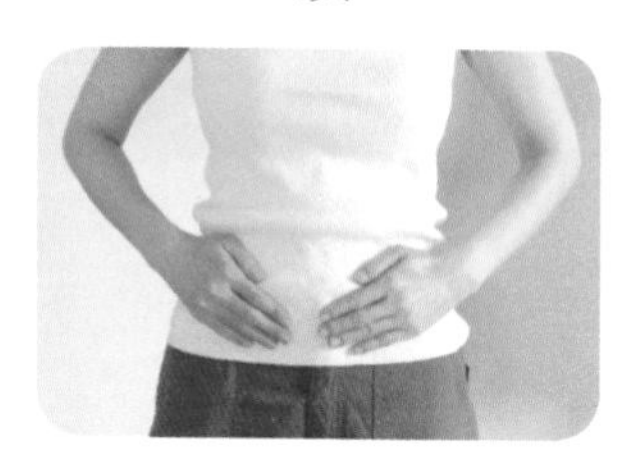

お腹（なか）
o na ka
肚子

手（て）
te
手

指（ゆび）
yu bi
手指

肘（ひじ）
hi ji
手肘

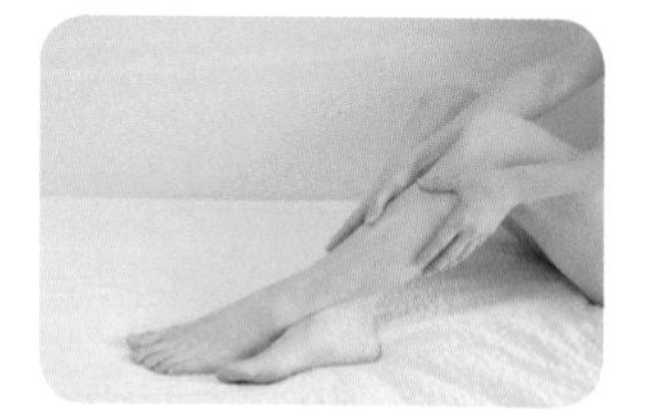

足（あし）
a shi
腳

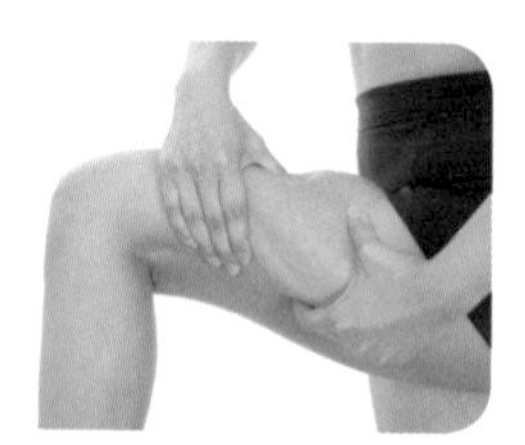

太（ふと）もも
hu to mo mo
大腿

發生問題時

32 問路

33 失竊報案

32 問路 道を聞く

◆ 請聽以下會話，並跟著說說看。

對話A

遊客　あの…すみません、ビッグカメラ**へ行きたいのですが…。**

a no…su mi ma se n, bi g gu ka me ra e i ki ta i no de su ga....

那個…不好意思，我想去 Big Camera…。

路人　ここからまっすぐ行って、一番の信号を曲がって、左側です。

ko ko ka ra ma s su gu i t te, i chi ba n no shi n go u o ma ga t te, hi da ri ga wa de su.

從這裡直直走，在第一個紅綠燈轉彎，在左側。

對話B

遊客　看板の色**を教えていただけませんか。**

ka n ba n no i ro o o shi e te i ta da ke ma se n ka?

可以告訴我看板的顏色嗎？

路人　看板は赤いです。

ka n ba n wa a ka i de su.

看板是紅的。

新出現的單字

あの a no 那個

まっすぐ ma s su gu 直走

すみません su mi ma se n 不好意思

色 i ro 顏色

句型 63 我想去 Big Camera…。
句型 64 可以告訴我看板的顏色嗎？

32-1

句型63

地點 + へ行（い）きたいのですが…。 我想去～。

「へ」表示移動的方向，所以前面要加上地點，表示要往那個地點去。而「行（い）きます（去）」這個動詞，在先前的篇章提過，去掉「ます」加「たいです」就能成為願望表現，表示「想～」。最後，以「が」結束，音調下降，表示口氣緩和、委婉。

句型64

人事物 + を教（おし）えていただけませんか。 可以告訴我～嗎？

「教（おし）えます」這個動詞乍看之下是「教學」的意思，其實也有「告訴」的意思，將「教（おし）えます」轉換成「て形」，加上最為尊敬說法的「いただけませんか」，則表示「請對方告訴自己～」。

在大都市因為人們在路上都很匆忙，與人的距離也較遠，所以如果要問路叫住對方時，一定要先用「あの…」喚起對方的輕微注意，才不會嚇到對方唷。

我想去 Big Camera…。

□へ行きたいのですが…。

□ e i ki ta i no de su ga....

我想去□。

◆ 試試看在空格內套入各種單字。

ドン・キホーテ
do n . ki ho o te
唐吉軻德

心斎橋筋商店街 2
shi n sa i ba shi su ji syo u te n ga i
心齋橋筋商店街

ユニクロ
yu ni ku ro
UNIQLO

巣鴨 4
su ga mo
巣鴨

2「心斎橋（心齋橋）」是位於大阪府中央的繁華街，是日本具代表性的高級購物區。

4 巣鴨位於東京都，這裡有很有名的寺廟「高岩寺」，據說保佑長壽、治病，因此有很多阿公阿媽會到這裡來。別名「老年人的原宿」。

可以告訴我看板的顏色嗎？

32-3

　　　　おし
[　　　　] を教えていただけませんか。

[　　　　] o o shi e te i ta da ke ma se n ka?

可以告訴我 [　　　　] 嗎？

◆ 試試看在空格內套入各種單字。

たてもの　いろ
建物の色

ta te mo no no i ro

建築的顏色

がいかん
外観

ga i ka n

外觀

な まえ
名前

na ma e

名字

ランドマーク

ra n do ma a ku

地標

日本不像台灣，店家的看板大又明亮，因此常常找不到店家是正常的，除非在一些非常熱鬧的鬧區，才會看到明亮的看板。因此請對方告訴自己明確的特徵反而是最重要的。日本非常善用各种標誌標明店家的性質，例如東京 Metoro，就有非常象徵性的標誌，一看就明瞭。

輕聲叫住對方問問看

◆ 請聽以下會話，並跟著說說看。

紀明　あの…すみません、**ビッグカメラへ行(い)きたいのですが…**。
a no…su mi ma se n, bi g gu ka me ra e i ki ta i no de su ga.…

路人　ここからまっすぐ行(い)って、一番(いちばん)の信号(しんごう)を曲(ま)がって、左側(ひだりがわ)です。
ko ko ka ra ma s su gu i t te, i chi ba n no shi n go u o ma ga t te, hi da ri ga wa de su.

紀明　ちょっと難(むずか)しいですが、どの辺(へん)ですか。
cho t to mu zu ka shi i de su ga, do no he n de su ka?

路人　あの辺(へん)です。
a no he n de su.

紀明　右側(みぎがわ)ですか。
mi gi ga wa de su ka?

路人　いいえ、左側(ひだりがわ)です。
i i e, hi da ri ga wa de su.

紀明　**看板(かんばん)の色(いろ)を教(おし)えていただけませんか**。
ka n ba n no i ro o o shi e te i ta da ke ma se n ka?

路人　看板(かんばん)は赤(あか)いです。
ka n ba n wa a ka i de su.

紀明　ありがとうございます。
a ri ga to u go za i ma su.

紀明　那個…不好意思，**我想去 Big Camera…**。
路人　從這裡直直走，在第一個紅綠燈轉彎，在左側。
紀明　有點難，在哪一帶呢？
路人　那一帶。
紀明　右側嗎？
路人　不，左側。
紀明　**可以告訴我看板的顏色嗎？**
路人　看板是紅的。
紀明　謝謝。

驗收 32 問路

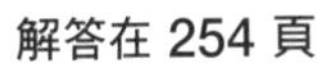

解答在 254 頁

A 請從選項中選出能填入空格的詞。

選項　を｜へ｜ちょっと｜いただけませんか

① 我想去 Big Camera…。

ビッグカメラ ＿＿＿＿ 行(い)きたいのですが…。

② 可以告訴我看板的顏色嗎？

看板(かんばん)の色(いろ) ＿＿＿＿ 教(おし)えていただけませんか。

③ 有點難，在哪一帶呢？

＿＿＿＿ 難(むずか)しいですが、どの辺(へん)ですか。

B 請在選項中找出適當的表現，並完成下列句子。

選項　名前(なまえ)｜ドン・キホーテ｜建物(たてもの)の色(いろ)｜ランドマーク

① 我想去唐吉軻德。

＿＿＿＿ へ行(い)きたいのですが…。

② 可以告訴我名字嗎？

＿＿＿＿ を教(おし)えていただけませんか。

③ 可以告訴我地標嗎？

＿＿＿＿ を教(おし)えていただけませんか。

33 失竊報案 盜難届（とうなんとどけ）

◆ 請聽以下會話，並跟著說說看。

對話A

遊客　私（わたし）の財布（さいふ）**がなくなりました。**
wa ta shi no sa i hu ga na ku na ri ma shi ta.
我的錢包不見了。

警察　分（わ）かりました。こちらの遺失届（いしつとどけ）を記入（きにゅう）してください。
wa ka ri ma shi ta. ko chi ra no i shi tsu to do ke o ki nyu u shi te ku da sa i.
了解了，請寫遺失單。

對話B

遊客　さっき、駅（えき）である男性（だんせい）**とぶつかりました。**そのせいですか。
sa k ki, e ki de a ru da n se i to bu tsu ka ri ma shi ta. so no se i de su ka?
剛剛，我在車站跟某個男性撞到，是那個原因嗎？

警察　断定（だんてい）はできません。
da n te i wa de ki ma se n.
沒辦法斷定。

新出現的單字

財布（さいふ） sa i hu 錢包
遺失届（いしつとどけ） i shi tsu to do ke
記入（きにゅう） ki nyu u 寫
駅（えき） e ki 車站
男性（だんせい） da n se i 男性
原因（げんいん） ge n i n 原因

句型 65 我的錢包不見了。

句型 66 跟某個男性撞到。

句型65

東西 + がなくなりました。 ～不見了。

「なくなります」是自動詞，也就是「東西自己怎麼了」，所以可以理解成「某東西自己不見了」，因此就能解讀成不是自己故意將某東西弄掉，是不知不覺的，也因此要用助詞「が」來表現。而因為東西「已經」不見了，所以要用過去式的「～ました」。

句型66

人 + とぶつかりました。 跟～撞到。

相撞的動詞是「ぶつかります」，而因為「已經」撞到了，所以用過去式的「～ました」表現。另外，因為是「相」撞，雙方「互相」撞一起的，所以要使用表示「雙方對象」的「と」才可以，不能使用「單方向的對象」的「に」。

日本的治安在世界排名數一數二，所以遺失物品時別慌張，先回頭找找看，真的找不到的話，再到派出所提出申報書。另外，日本人有個習慣，會將人們掉落的東西放到附近較明顯的位置，方便失主回來尋找，所以也可以循這個概念找失物唷。

我的錢包不見了。

[　　　　] がなくなりました。

[　　　　] ga na ku na ri ma shi ta.

[　　　　] 不見了。

◆ 試試看在空格內套入各種單字。

かばん
ka ba n
包包

パスポート
pa su po o to
護照

カメラ
ka me ra
相機

サングラス
sa n gu ra su
太陽眼鏡

護照不見是一件非常嚴重的事情，因此必須立即積極尋找，如果找不到，一定要到派出所報警，並盡快聯絡駐外辦事處，以免造成非常大的麻煩唷。

跟某個男性撞到。

＿＿＿とぶつかりました。

＿＿＿ to bu tsu ka ri ma shi ta.

跟＿＿＿撞到。

◆ 試試看在空格內套入各種單字。

ある女性（じょせい）
a ru jyo se i
某個女性

変（へん）な人（ひと）
he n na hi to
怪人

若者（わかもの）
wa ka mo no
年輕人

子供（こども）
ko do mo
小孩

日本大都會的車站滿滿都是趕路的上班族，走路速度非常快，也因為人潮，站內動線常非常雜亂，因此會意外發現日本人是不會閃躲其他路人的，在車站走一段路多少都會跟一些日本人相撞，這是正常的，建議照著人流和速度一起走，才不會受傷唷。

不用擔心！日本治安不錯！

◆ 請聽以下會話，並跟著說說看。

旅客　すみません。届出(とどけで)を出(だ)したいんですが…。
su mi ma se n. to do ke de o da shi ta i n de su ga….

警察　どうしましたか。
do u shi ma shi ta ka?

旅客　**私(わたし)の財布(さいふ)がなくなりました。**
wa ta shi no sa i hu ga na ku na ri ma shi ta.

警察　分(わ)かりました。こちらの遺失届(いしつとどけ)を記入(きにゅう)してください。
wa ka ri ma shi ta. ko chi ra no i shi tsu to do ke o ki nyu u shi te ku da sa i.

旅客　はい。これですか。
ha i. ko re de su ka?

警察　はい、そうです。電話番号(でんわばんごう)がなければ、メールアドレスを記入(きにゅう)してください。
ha i , so u de su. de n wa ba n go u ga na ke re ba, me e ru a do re su o ki nyu u shi te ku da sa i.

旅客　**さっき、駅(えき)である男性(だんせい)とぶつかりました**。そのせいですか。
sa k ki, e ki de a ru da n se i to bu tsu ka ri ma shi ta. so no se i de su ka?

警察　断定(だんてい)はできません。でも、できるだけ協力(きょうりょく)します。
da n te i wa de ki ma se n, de mo, de ki ru da ke kyo ryo u ku shi ma su.

旅客　不好意思。我要遞交申報書。
警察　怎麼了嗎？
旅客　**我的錢包不見了。**
警察　了解了，請寫遺失單。
旅客　好，這個嗎？
警察　是，是的。如果沒有電話的話，請寫 Email。
旅客　**剛剛，我在車站跟某個男性撞到**，是那個原因嗎？
警察　沒辦法斷定。但我們會盡力協助你。

33 失竊報案

解答在 254 頁

A 請從選項中選出能填入空格的詞。

選項　たい | ました | と | に

① 我要遞交申報書。

届出(とどけで)を出(だ)し ＿＿＿ んですが…

② 我的錢包不見了。

私(わたし)の財布(さいふ)がなくなり ＿＿＿。

③ 我在車站跟某個男性撞到。

駅(えき)である男性(だんせい) ＿＿＿ ぶつかりました。

B 請在選項中找出適當的表現，並完成下列句子。

選項　パスポート | 携帯(けいたい) | 若者(わかもの) | かばん

① 我的護照不見了。

＿＿＿ がなくなりました。

② 我的手機見了。

＿＿＿ がなくなりました。

③ 跟年輕人撞到。

＿＿＿ とぶつかりました。

練習題解答

01 飛機餐

31 頁

A ① ビーフ を お願いします。

② 飲み物は 何 がありますか。

③ コーラやジュースなどが ありますか。

B ① ポーク をお願いします。

② 飲み物 は何がありますか。

③ ビール をいただけますか。

02 機內服務

37 頁

A ① イヤホンの 使い方 がわからないのですが…。

② イヤホンを もう 一つください。

③ かしこまりました。今 お持ちします。

B ① 券売機 の使い方がわからないんですが…。

② ソフトクリーム をもう一つください。

③ 鹿せんべい をもう一つください。

03 入境審查

45 頁

A ① どのくらい 滞在しますか。

② 滞在先は どこ ですか。

③ 旅行の目的は 何 ですか。

B　① 親戚訪問（しんせきほうもん） です。

② 知人訪問（ちじんほうもん） です。

③ 半月（はんつき） です。

04 行李丟失　51頁

A　① クレームタグカードを お持ち（も）ですか 。

② ちゃんと チェックしました。

③ スーツケース 荷物（にもつ）ですか。

B　① 丈夫（じょうぶ）な スーツケースです。

② 便利（べんり）な スーツケースです。

③ 白（しろ）い スーツケースです。

05 公車　59頁

A　① このバスは池袋（いけぶくろ） 行（ゆ）き ですか。

② このバスが池袋東口（いけぶくろひがしぐち） に 着（つ）いたら、教（おし）え ていただけません か。

B　① このバスは 奈良公園（ならこうえん） 行（ゆ）きですか。

② このバスは 東京（とうきょう）スカイツリー 行（ゆ）きですか。

③ このバスが 明治神宮（めいじじんぐう） に着（つ）いたら、教（おし）えていただけませんか。

06 計程車

65 頁

A ① どちら までですか。

② 清水寺 まで 、お願いします。

③ 清水寺まで、 どのくらい かかりますか。

B ① 交番 まで、お願いします。

② コンビニ まで、お願いします。

③ 神社 まで、どのくらいかかりますか。

07 電車

71 頁

A ① 時刻表を もらえます か。

② この 電車は大宮駅には止まりますか。

③ 大宮駅行きの電車は 何番線 ですか。

B ① チケット をもらえますか。

② ポスター をもらえますか。

③ この 人力車 は 竹のトンネル には止まりますか。

08 入住飯店

79 頁

A ① チェックイン をお願いします。

② 中国語 でもいい ですか。

③ 部屋番号 は 308 号室でございます。

B ① 会計(かいけい) をお願(ねが)いします。

② 英語(えいご) でもいいですか

③ ひらがな でもいいですか。

09 飯店的服務 85頁

A ① 朝食(ちょうしょく)の時間(じかん)は 何時(いつ) から 何時(いつ) までですか。

② どこ で 食(た)べますか。

③ 温泉(おんせん)に入(はい)るとき、タオルを 巻(ま)いてもいい ですか。

B ① 朝(あさ) から 晩(ばん) までです。

② どこで 食(た)べます か。

③ どこで 買(か)います か。

10 飯店的問題 91頁

A ① リモコンが 壊(こわ)れているみたい です。

② トイレットペーパーが ありません 。

③ 持(も)って きてもらってもいいですか。

B ① ドライヤー が壊(こわ)れているみたいです。

② シャンプー がありません。

③ ボディソープ がありません。

11 退房

97 頁

A ① チェックアウト を お願いします。

② 現金 で お願いします。

③ 荷物を預かって もらえますか 。

B ① スマホ決済 でお願いします。

② かぎ を預かってもらえますか。

③ コート を預かってもらえますか。

12 點餐

105 頁

A ① 肉が 入っています か。

② ベジタリアン なので、肉は 食べられません 。

③ ベジタリアンメニュー でしたら、ベジタリアンカレーが人気です。

B ① ピーナッツ は食べられません。

② 日替わりランチ は何ですか。

③ お店の定番 は何ですか。

13 抱怨

111 頁

A ① このスープは 熱すぎます。

② タバコの匂いは きつすぎます。

③ この肉は 噛み切りにくい です。

B ① このかばんは 高 すぎます。

② 字が小さいですから、 読み にくいです。

③ 大きいですから、 使い にくいです。

14 預約 117頁

A ① お名前を いただけます か。

② 何名様 でしょうか。

③ 個室 で お願いします。

B ① 窓側の席 を予約したいです。

② 懐石コース を予約したいです。

③ 禁煙ルーム はありますか。

15 居酒屋 123頁

A ① すみません、お通しは いりません 。

② 生ビールを二つ と ジンジャエールを一つください。

③ じゃ、もつ煮と唐揚げ を お願いします。

B ① 冷奴 を一つください。

② 朝食の時間 は何時までですか。

③ 大浴場の利用時間 は何時までですか。

16 咖啡廳

129 頁

A ① アイスコーヒーを一つ[ください]。

② ミルク[だけ]お願いします。

③ コーヒーの[おかわり]をいただけますか。

B ① [シロップ]だけお願いします。

② [スプリンクル]抜きでお願いします。

③ [ケッチャプ]抜きでお願いします。

17 壽司店

135 頁

A ① ガリをもう少し[してください]。

② まぐろ握り[を]一つください。

③ わさびは少なめに[ください]。

B ① [塩]をもう少しください。

② [醤油]は[少な目]にしてください。

③ [たれ]は[甘め]にしてください。

18 拉麵店

141 頁

A ① 豚骨ラーメンを一つ[ください]。

② 普通[で]いいです。

③ 替え玉を[もらえます]か。

B　① 少し（すこし） でいいです。
② 写真（しゃしん） は無料（むりょう）ですか。
③ レジ袋（ぶくろ） は無料（むりょう）ですか。

19 伴手禮　149 頁

A　① 友達（ともだち） へ のお土産（みやげ）です。
② 他（ほか）に何（なに） が ありますか。
③ ラッピング は 要（い）りません。

B　① 母（はは） への シップ です。
② 父（ちち） への ふりかけ です。
③ レシート は要（い）りません。

20 藥妝店　155 頁

A　① すみません、コラーゲンを探（さが）しています が …。
② 妻（つま）はフェスパックが あまり 好（す）きじゃないです。
③ コラーゲン だけ でいいです。

B　① 目薬（めぐすり） を探（さが）しています。
② 胃腸薬（いちょうやく） を探（さが）していますが。
③ 妻（つま）は リップクリーム があまり好（す）きじゃないです

21 電器用品店 161 頁

A ① 人気(にんき) [の] あるスチームオーブンレンジはどれですか。

② ちょっと考え(かんが)させ [てください] 。

③ 空港(くうこう) [まで] 送(おく)ってほしいです。

B ① 人気(にんき)のある [炊飯器(すいはんき)] はどれですか。

② 人気(にんき)のある [掃除機(そうじき)] はどれですか。

③ [ホテル] まで送(おく)ってほしいです。

22 退貨與換貨 167 頁

A ① サイズが合(あ)わない [ので] 、返品(へんぴん)したいです。

② 返品(へんぴん)し [てもらえません] か。

③ ほかのものと交換(こうかん)し [てもいいです] か。

B ① [変(へん)な匂(にお)いがする] ので、返品(へんぴん)したいです。

② [穴(あな)が空(あ)いている] ので、返品(へんぴん)したいです。

③ [お買(か)い得品(どくひん)] と交換(こうかん)してもいいですか。

23 市場 173 頁

A ① 海鮮丼(かいせんどん) [ください] 。

② これは [何(なん)] ですか。

③ [もう少(すこ)し] 少(すく)ないのはありませんか。

B ① カツ丼（どん） ください。

② ラーメン ください。

③ 肉（にく）じゃが ください。

24 旅遊諮詢中心 181 頁

A ① 中国語版（ちゅうごくごばん） は ありますか。

② この近（ちか）く に お土産屋（みやげや）はありますか。

③ 遊覧船（ゆうらんせん） が おすすめです。

B ① この近（ちか）くに 紅葉（もみじ）スポット はありますか。

② おすすめの 公園（こうえん） は何（なん）ですか。

③ おすすめの 名物（めいぶつ） は何（なん）ですか。

25 博物館 187 頁

① 入口（いりぐち）は どこ ですか。

② こちらで何（なん）かイベントが あります か。

③ 山田先生（やまだせんせい）の記念品（きねんひん）は売（う）っ ています か。

B ① トイレ はどこですか。

② シアター はどこですか。

③ グッズ は売（う）っていますか。

26 看劇

193 頁

A ① ケーキが入(はい)っ ています 。

② メッセージカード だけなら いいですか。

③ 俳優(はいゆう)の木村(きむら)さんの場所(ばしょ)は どの 辺(へん)ですか。

B ① マグカップ が入(はい)っています。

② マフラー が入(はい)っています。

③ 手紙(てがみ) だけならいいですか。

27 遊樂園

199 頁

A ① 9歳(きゅうさい) の 場合(ばあい)、乗(の)れますか。

② そちらの観覧車(かんらんしゃ) が すすめです。

③ 割引(わりびき)クーポンはどこ で 買(か)えますか。

B ① 100(ひゃく)センチ の場合(ばあい)、何(なに)がおすすめですか。

② 心臓病(しんぞうびょう) の場合(ばあい)、乗(の)れますか。

③ 年間(ねんかん)パスポート はどこで買(か)えますか。

28 神社

205 頁

A ① 子宝(こだから)のお守(まも)りは いくら ですか。

② それは 何(なん) ですか。

③ ペンを借(か)り てもいい ですか。

B　① おみくじ はいくらですか。
② 御朱印 はいくらですか。
③ ティッシュペーパー を借りてもいいですか。

29 慶典

211 頁

A　① 一番奥は 何 の出店ですか。
② 写真を撮って いただけます か。
③ りんご飴の出店をバック に 写真を撮ってもらえますか。

B　① 前 は何の出店ですか。
② 仏像 をバックに写真を撮ってもらえますか。
③ 飾り物 をバックに写真を撮ってもらえますか。

30 身體不適

219 頁

A　① 喉 が 痛いです。
② 中国語に訳した診断書を もらえますか 。
③ 台湾のお医者さん に 見せます。

B　① お腹 が痛いです。
② 頭 が痛いです。
③ 保険会社 に見せます。

31 受傷

225 頁

A ① 血(ち)が出(で)て います 。

② どう すればいい ですか。

③ お風呂(ふろ)に入(はい)る時(とき)は どう すればいいですか。

B ① 腫(は)れて います。

② 手(て)を洗(あら)う 時(とき)はどうすればいいですか。

③ 料理(りょうり)を作(つく)る 時(とき)はどうすればいいですか。

32 問路

233 頁

A ① ビッグカメラ へ 行(い)きたいのですが…。

② 看板(かんばん)の色(いろ) を 教(おし)えていただけませんか。

③ ちょっと 難(むずか)しいですが、どの辺(へん)ですか。

B ① ドン・キホーテ へ行(い)きたいのですが…。

② 名前(なまえ) を教(おし)えていただけませんか。

③ マーク を教(おし)えていただけませんか。

33 失竊報案

239 頁

A ① 届出(とどけで)を出(だ)し たい んですが…

② 私(わたし)の財布(さいふ)がなくなり ました 。

③ 駅(えき)である男性(だんせい) と ぶつかりました。